JN318746

大富豪同心

隠密流れ旅

幡大介

双葉文庫

目次

隠密流れ旅　大富豪同心

第一章　お峰《みね》、江戸に戻る

一

障子は南からの陽光に照らされて白く輝いていた。

開け放たれた障子の外には大川の川面《かわも》が広がっている。真っ白な帆を張った荷船が一見優雅に行き来していた。

「悪党の棲家《すみか》とも思えぬ景色じゃないのさ」

窓の桟《さん》にちょいと腰を掛けて、お峰が煙管《キセル》を燻《くゆ》らせている。スーッと細い紫煙を吐いて、窓辺に置いた莨盆《たばこぼん》の灰吹きに灰を落とした。

チラリと妖艶《ようえん》な流し目を座敷の中に向ける。

「大川ってのは、ずいぶんと大きな川だよねぇ。……フフッ、だから大川って言うんだろうけどね。この川幅が、どれぐらいあるのか、知っているかい」

座敷には、色白の若侍が着流し姿で座っていた。その肌の白さは只事《ただごと》ではない。まるで白蠟《はくろう》のようだ。

髪は栗の皮のような色合いで、瞳の色も薄い鳶《とび》色であった。近目なのか鼻眼鏡を掛けている。お峰にはまったく関心がないのか、それとも無口な質《たち》なのか、返事もせずに余所《よそ》を向いていた。

お峰は、この若侍が殺し屋であることを見抜いている。全身に染みついた虚無感は、殺しを稼業にしている者に特有であった。

「それじゃあ、あんたは知ってるかい」

お峰は目を移した。座敷にはもう一人、石川左文字《いしかわさもんじ》が座っていた。月代《さかやき》は剃り、髷《まげ》もきちんと結い上げ、羽織袴を着けた姿だ。腰帯には脇差しを差している。ちょっと見には、いずこかの大名、旗本に仕える武士のような装いだった。

ところが武士らしくもない行儀の悪さでそっぽを向いた。

「知らぬ」

「おやまぁ。軍師気取りのセンセイでも、知らないことはあるのかね」

お峰は明らかに小馬鹿にして「ケラケラ」と笑った。

「なにを！」

カッと血の気を昇らせた石川左文字が片膝を立てた。腰の脇に横たえてあった長刀に手を伸ばした。

「この女狐《めぎつね》めが！」

今にも抜き打ちに斬りかかろうかという形相であったが、それでもお峰は馬鹿にしきった顔で薄笑いを浮かべている。

そこへ一人の男が、すばしっこい身のこなしで踏み込んできた。早耳《はやみみ》ノ才次郎《さいじろう》と呼ばれる小悪党だ。

「お仲のよろしいことで」

二人の間に割って入って腰を下ろした。お峰に顔を向けて答える。

「永代橋《えいたいばし》の長さが百十間（約二百メートル）といいやすから、川幅は百間を超えるんじゃやねぇんですかい」

「フン。ずいぶんと大きな川だ」

「川ばかりじゃござんせんぜ。ご覧なせぇ、姐《ねえ》さん。荷を山積みにした川船が、橋の下を悠々とくぐっていきやすよ。こんな大きな橋は、日本じゅうどこを探してもございますめぇよ」

お峰はまたも、鼻先で笑った。

「天満屋《てんまや》ノ元締さんは、江戸見物をさせてくれようとのお考えで、あたしを呼んだのかい」

「ご冗談を」

才次郎は片手を顔の前で振った。

「一度は、お江戸で悪名を馳《は》せたお峰姐さんだ。わざわざ見物していただこうなんて、思っちゃおりやせんぜ」

才次郎は黄色い歯を覗かせてニヤッと笑い、今度はお峰がムッと顔色を悪くさせた。

一度は、お江戸でその名を馳せた――という物言いに引っ掛かりを覚えたのだ。

確かにお峰は、江戸の暗黒社会でそれと知られた大立者《おおだてもの》になりかけた。ところが噂の辣腕《らつわん》同心、南町の八巻卯之吉《やまきうのきち》との戦いに敗れて、あえなく御用となったのだ。

その後、赤猫（放火を駆使しての破獄）に成功して、八巻と公儀に一矢《いっし》を報いることには成功したが、江戸に住むことはできなくなって、他国へと逃れたのであった。

悪党は異常なまでに自尊心が強い。他人に頭を下げたり、他人のために働いたりすることができないから、悪党にしかなれない。お峰の自尊心は八巻の手でズタズタにされた。わずかでもその件に触れられようものなら、怒りを抑えることができなくなる。

凄《すさ》まじい眼光で睨《にら》みつけたお峰であったが、才次郎も然《さ》る者。お峰の怒りを覚りつつもヘラヘラと薄笑いを浮かべている。

「こいつ！」

お峰の腕がサッと振られた。袖口から細い鎖と分銅が飛び出してきた。

「おっと」

才次郎は猿《ましら》のごとくに身を翻《ひるがえ》した。懐に隠し持っていた匕首《あいくち》で鎖を受ける。分銅が匕首に絡みつき、お峰と才次郎は、鎖でもって綱引きをする格好となった。

「おい、やめろ」

石川左文字が制するが、聞き入れる二人ではない。

色白の若侍は、我関せずという顔つきで、窓の外など眺めている。

「やめぬか」

天満屋ノ元締が座敷に入ってきた。さしものお峰と才次郎も、天満屋の前では喧嘩を続けることができない。才次郎は「へへっ」と作り笑いを浮かべた。

「噂に名高いお峰姐さんの手際を拝見させて頂きやした」

才次郎は匕首を斜め下に下ろした。絡まっていた鉄の鎖がジャラリと畳に落ちた。

お峰にも、もはや怒気はない。（阿呆に釣られてつまらぬ真似をした）と言わんばかりの白《しら》けた表情で畳の上に座り直す。鎖はお峰の袖の中にスルスルと巻き戻された。

天満屋は床ノ間を背にして座った。年格好は五十歳ばかり。品のある顔だちだ。天満とは、いうまでもなく大坂《おおさか》の地名だが、上方《かみがた》の大店《おおだな》の主人だと身分を偽っても、世間から信用されるに違いなかった。

天満屋は座敷内の険悪さなど気にする様子もなく、おのれ専用の莨盆を引き寄せて、高価な煙管を取り出すと、莨を詰めて悠々と一服つけはじめた。

煙を吐きながら、細めた目をお峰に向ける。

「よく来てくれたな」

お峰はチラリと低頭した。

「さんざんっぱらお世話になった天満屋ノ元締のお声掛かりとあっては、聞き捨てにするわけにも参りませぬもの」

そう言いながら、チラリと視線を窓の外に向けて、

「とは言え手前は、小伝馬町《こでんまちよう》の牢屋敷を抜け出したお尋ね者。のんびりと江戸暮らしというわけにゃあ、参りませんのですがね」

天満屋を舐《な》めきったような口調である。才次郎が顔つきを変えて「やいっ」と叫んだ。

「いってぇ、どなたさんのお陰で今日まで生き長らえたと思っていやがる！　天満屋ノ元締が授けてくださった、偽の道中手形があったればこそじゃねぇか！」

「煩《うるさ》い鼠《ねずみ》だね」

「なんだとっ」

お峰は才次郎を無視して、天満屋にだけ顔を向けた。多少は口調を改める。

「一宿一飯の恩義にも報いる、というのが、悪党渡世の習わしにございます。よって手前もこうして推参した次第……」

天満屋は大きく頷《うなず》いた。

「義理堅い物言いで心強い限りだ」

お峰はほんの微《かす》かに笑った——ようにも見えた。

「手前が心強い、とは？　手前に『力を貸せ』とでも仰《おつしや》るのですか」

天満屋は長々と莨の煙を吐いた。一瞬苦々しげな表情を垣間《かいま》見せたのは、莨のせいなどではないだろう。

「力を借りるのはお前さんに限った話ではないよ。ここらで一つ、悪党どもの力を合わせなければならないと思ったのでね」

「そうでもせねば、南町の八巻には太刀打ちできないとでも」

天満屋は煙管の灰を灰吹きに落とした。

「抜かりのないお前のことだ。江戸から目を離すわけがない。こっちの手抜かりも筒抜けだろう。そのとおり。この天満屋、南町の八巻には、してやられっぱなしでね」

お峰は何も答えない。口許《くちもと》に微妙な笑みを含んで座っている。天満屋はますます渋い顔つきだ。

「僕《やつがれ》たち悪党には似合わぬ話だが、力を合わせて取り組まなければ、八巻を出し抜くことはできまい」

早耳ノ才次郎が横から嘴《くちばし》を入れてくる。

「手前《て め》ぇも八巻にのさばられたままじゃあ、江戸に戻って来れるめぇよ」

お峰は（何を馬鹿なことを言ってるんだ）と言わんばかりに才次郎を見た。

「戻って来ているじゃないか、こうしてさ」

才次郎はカッと激怒した。

「今、手前ぇがこうして大川のたもとに座って居られるのは、天満屋ノ元締に守られているからだろうが！　手前ぇ一人で江戸の町中を歩いたりしたら、たちまち後ろに手が回るぜ！」

「どうだかね」

お峰は才次郎を鼻先で軽くあしらうような顔をしたが、その鼻筋を天満屋に向けて、スッと表情を隠した。

「それで、元締には、なんぞ秘策でもおありなんですかぇ？」

「ないでもない」

「その秘策とやらに、手前が入り用だとでも？」

「何度も言うが、今は悪党が手を携《たずさ》えるべき時なのだ」

お峰は才次郎や石川左文字に目を向けた。

「三人集まれば文殊《もんじゅ》の智慧《ちえ》とか申しますがね……。締まらない雁首《がんくび》を揃えたところで、物の役には立ちますまいよ」

石川左文字が顔色を変える。

才次郎は元締の目も憚《はばか》らず片膝を立てた。

「抜かしやがったな女《あま》！」

お峰はまたも鼻先で笑った。

「締まらない雁首ってのは、あたしのことも含めて言ってるのサ。このあたしだって、八巻から、さんざん煮え湯を飲まされた口だからねぇ」

お峰は天満屋に顔を戻した。

「それで、手前に何をさせようと仰るので？」

「八巻を倒すには、老中の本多出雲守《ほんだいずものかみ》と、札差の三国屋《みくにや》を潰さねばならぬ。そこまではわかっている。しかし、言うのは簡単だが、行うのは難しい」

お峰は黙って聞いている。天満屋は続けた。

「今のところ、江戸に巣くっていた悪党どもの中で、曲がりなりにも八巻を出し抜くことができたのは、お峰、お前だけだ。八巻は、お前のことだけは、けっして忘れてはおるまい」

お峰は真顔で首を傾《かし》げた。

「そうですかねぇ……？　あの八巻のことだ。あたしのことなんざ、すっからかんと忘れてるんじゃないですかねぇ？」

お峰は本気で言ったのだが、天満屋はそうとは受け取らなかったようだ。

「馬鹿も休み休み言え。八巻のような犀利《さいり》な男は、まず第一に執念深い。自分の評判を少しでも傷つけたお前のことを、忘れるはずがない」

「そうですかえ」

お峰はあえて逆らいもせずに、いい加減に頷いた。

「その執念深い八巻は、今も手前を追っている、というわけですかね」

「そういうことだ。そこでお前が餌《えさ》となる」

「餌というと？」

「八巻を引き寄せる餌だ」

「あたしにもわかるように仰っていただけませんかねぇ」

天満屋は煙管に新しい莨を詰め直して、莨盆で火をつけた。

「僕たち悪党には、老中や三国屋を潰す力はない。それならば、八巻を、老中や三国屋の手の届かぬ場所へ引きずり出せばよいのだ」

お峰は相槌《あいづち》も打たずに耳だけ傾けている。

天満屋は莨の煙を吐いた。

「八巻は最前まで、隠密廻《おんみつまわり》同心を拝命しておった」

甲州《こうしゅう》街道、日野《ひの》宿まで出張った八巻の手によって、天満屋が仕組んだ悪事はものの見事に潰された。

「江戸の町奉行所同心は、墨引《すみびき》の内からは出られぬ定めだが、隠密廻同心だけは別儀だ」

町奉行所が行政権と警察権を発動できる範囲を墨引という。地図に墨で線が引かれて、その境界を示していたからだ。墨引の外側の地域で治安維持を担当していたのは、勘定奉行所や関東郡代など、別の役所であった。江戸幕府も縦割り行政であったので、別の役所が支配する土地に踏み込むことは許されていないのである。

ところが唯一の例外は隠密廻同心で、これは一種の密偵であった。江戸から逃れた犯罪者を追跡し、居場所を突き止めたなら、現地の役人（代官など）に捕縛を依頼することができた。

「そこでだ」

天満屋はお峰に鋭い眼光を向けた。

「お前の噂を江戸の外で故意に流す。さすれば八巻は、隠密廻同心として江戸を離れて駆けつけることであろう。江戸の外では、老中の庇護《ひご》も、三国屋の金も当てにはできぬ。八巻といえども丸裸だ」

「そうですかえ」

「八巻を引きつけたうえで、四方八方から押し包み、討ち取るのだ」

お峰が捗々《はかばか》しい反応を示さないので、横から才次郎が「やいっ」と叫んだ。

「なんとか言え。元締に手を貸すのか、それとも不義理を決め込むのか」

お峰は才次郎にではなく、元締に向かって、両手をついて頭を下げた。

「元より、元締のお指図に逆らうつもりはございません」

天満屋ではなく才次郎が大きく頷いた。

「おう。賢い了簡《りようけん》だぜ」

「ただし」

お峰は天満屋に真っ直ぐ目を向け、両手をついたまま、続けた。

「八巻をおびき出す場所は、手前の裁量に任せていただきたく、お願い申し上げまする」

「なぜだね」

「他に仕事も抱えておりますもので」

「悪事かい」

お峰は不敵に笑った。

「言うまでもなく。それしかできない身でございますので」

「片手間仕事で八巻を討ち取ると言うのか。二兎を追う者は一兎も得ず、だぞ」

「一石二鳥とも申します」

天満屋はしばらく考える様子であった。その時、軍師気取りの石川が横から口を挟んできた。

「お峰の噂を流し、八巻を引きつける策は結構でござるが、見え透いた嘘にひっかかる八巻とも思われませぬぞ。お峰が、真《まこと》に悪行を働いておるのであれば好都合。こちらから仕掛けを施《ほどこ》すまでもなく、八巻の耳までお峰の悪事の報《しら》せが届きましょうぞ」

天満屋は横目で石川を見た。

「策は弄《ろう》さぬほうが良いと申すか」

石川はお峰に目を向けた。

「まずは、この女狐がなにを企んでいるのか、それを聞いてみようではございませぬか」

お峰は、石川の軍師気取りを「フン」と鼻先で笑ってから、おもむろに語り始めた。

二

卯之吉は大きなあくびを漏らした。昼下がりの同心詰め所である。

「ふわあああっ」と、素《す》っ頓狂《とんきょう》な声まで出したので、文机《ふづくえ》を並べて書き物をしていた同心たちが、あからさまに顔をしかめた。

卯之吉はなにも感じていない。定位置となった長火鉢の前に陣取って、まったりと寛《くつろ》いでいる。両手に抱えた湯呑茶碗からはほんのりと湯気が立っていた。

そこへ足音も荒々しく、筆頭同心の村田《むらた》銕三郎《てつさぶろう》が入ってきた。

「やいッ、ハチマキ！　奉行所で大あくびなんかしやがって！　お白州《しらす》の罪人どもに聞かれたらどうする！　面目《めんぼく》丸潰れじゃねぇか！」

早速にも雷が落とされた。同心たちは、自分が叱られたわけでもないのに首を竦《すく》めた。

卯之吉だけがポカンとして、首も斜めに、村田を見上げた。

「どうして、あたしのあくびだってことが、わかりましたかね?」

村田は廊下のずっと先にいたはずだ。

「馬鹿野郎ッ」

村田は再び吠えた。

「詰め所であくびをする同心が、手前ぇの他に誰がいるかよッ」

同心たちが一斉に頷いた。

「そうですかね? 皆さんだってあくびぐらいはするでしょう。人間なんだから」

卯之吉一人だけが、わけのわからぬことを言っている。さらには、もっとわけのわからぬ物言いを続けた。

「あたしもここのところ忙しくて、ろくろく寝ていないものですからねぇ……。ああ、眠い眠い」

「何を抜かしていやがる! なんの仕事もしてねぇじゃねぇか!」

またも一斉に、同心たちが頷いた。

ところがである。卯之吉としては、実に多忙な毎日を送っていたのだ。

老中の松平相模守《まつだいらさがみのかみ》に政商として与《くみ》していた材木商たちが、結果として悪事に加担をさせられ、江戸の町は火の海になる寸前となった。悪意がなかったとしても、遠島や所払いを命じられても不思議ではない事案だ。

この失態を糊塗《こと》するために、政商たちは卯之吉を頼り、本多出雲守に取りなしを依頼してきた。

無論のこと、南町の八巻卯之吉を〝南北の町奉行所一の辣腕同心〟と信じてのことである。卯之吉の評判や能力について〝あることとないこと〟どころか〝ないことないこと〟吹き込んだ三国屋徳右衛門《とくえもん》の斡旋《あっせん》も効いていた。

卯之吉は極端にお人好しであるので、ものを頼まれると否とは言わない。相手が政商だろうと貧乏長屋の住人だろうと、そこは一緒である。ホイホイと引き受けて、本多出雲守との間を取り持ってあげた。

そのせいで寝不足なのである。昼寝の暇がなくなってしまったのだ。

もちろん同心八巻の袖の下には、政商たちからの礼金が入る。しかし卯之吉にとって金はあるのが当然なので、格別の感想もなかった。それよりも昼寝の時間が取れないことのほうが一大事なのであった。

卯之吉は両目をゴシゴシと擦《こす》った。

「奉行所のお茶は、質が良くないうえに出涸《でが》らしで、少しも目がシャッキリとしませんねぇ……」

幕府は万事倹約で、安物しか購入することができない。

「昨日、駿河町《するがちょう》の能登屋《のとや》から、届けられた玉露《ぎょくろ》があったでしょう」

商人からの付け届けの現場をこっそりと覗き見していたのである。そんなところだけは目敏《めざと》い卯之吉なのだ。

「あのお茶壺《ちゃつぼ》は、どうなりましたかね？」

「内与力の沢田《さわだ》様が、壺ごとお奉行のところへ持って行った――って手前ぇ！お茶ッ葉の話なんかしてる場合じゃねぇんだよ！」

「え？　でも、能登屋の玉露ですよ？　きっと洛内の茶屋から買い求めた上物に相違ございません。それでも気になりませんかねぇ？」

「奉行所に納められた賂《まいない》の茶を、どうして手前ぇみてぇな役立たずに飲ませてやらなくちゃならねぇんだ！　馬鹿を言うのもたいがいにしろ！」

卯之吉は相手に合わせて話をする、ということができない。自分の気分の赴《おもむ》くままに喋《しゃべ》る。村田銕三郎も、いったん怒りだしたが最後、肝心の用件なんかそっちのけで叱り続ける。この二人が話をしていると、いつまで経っても本筋に入らない。

そのうちにまたドタバタと、無様な足音が廊下の奥から聞こえてきた。

「何をしておる！」

内与力の沢田彦太郎《ひこたろう》が内与力御用部屋からやって来たのだ。

「すぐに八巻を呼べと命じたはずだぞ」

「あっ、これは……」

村田銕三郎は咄嗟《とっさ》にサッと頭を下げた。筆頭同心不面目の場面である。

同心の誰かが大胆にも忍び笑いを漏らした――そんな気配を察して、村田は悪鬼の形相で顔を上げた。

「手前ぇのせいで、この俺が、とんだお叱りを被《こうむ》っちまったじゃねぇか！」

怒りを卯之吉にぶつける。

卯之吉はサラッと受け流した顔つきで、

「あたしに何か御用でございますかねぇ？」

と、沢田に訊ねた。

「用があるから呼んだのだ！　早く来いッ」

「へーい」

卯之吉は商家の手代のような声で答える。

沢田は足早に御用部屋へと戻った。

卯之吉は、「それでは皆さん、御機嫌よう」と挨拶《あいさつ》をして、同心詰め所から出て行った。

「クソッ、いちいち調子がおかしくなるぜ！」

村田は毒づいてから、凄まじい眼光を詰め所に向けた。ところが詰め所には黒い文机が並んでいるばかりで、同心たちはそそくさと退席をした後であった。村田の怒りがこちらに向けられるのを（それを八つ当たりという）避けたのであった。

内与力の御用部屋は、町奉行所の、表向《おもてむき》と奥向《おくむき》とを繋《つな》ぐ境目に置かれている。

町奉行所の内与力は、町奉行個人に仕える家来が就任する役職だ。町奉行の個人秘書兼、官房のような務めを果たしていた。

町奉行所の与力や同心は、町奉行の家来ではなく、町奉行所の職員だ。長年に渡って町奉行所に奉職しているため、町奉行よりも務めの内容に通じている。古《ふる》狸《だぬき》の与力と同心が結託したら、いかなる不正も可能となってしまうため、内与力という職が置かれて、目を光らせていなければならなかったのだ。

ちなみに表向とは役所のことで、奥向とは公邸のことだ。町奉行とその家族が暮らす家は、町奉行所と同じ敷地に建てられていた。

かような次第で、只今の南町奉行所において隠然《いんぜん》たる力を保持しているはずの沢田彦太郎が、御用部屋の文机の向こうに座った。

南北の江戸町奉行は、幕府の役所の中でも随一《ずいいち》の激職である。任期の半ばで殉職する（過労が原因）町奉行も後を絶たない。内与力の沢田の机にも判物（捺印《なついん》を必要とする行政書類）が山積みとなって、向こう側に座った沢田の顔が隠れてしまうほどであった。

卯之吉は、机の向かいにチョコンと座った。

「それで、ご用向きはなんですかね？」

「ウム」

などと重々しく頷いて見せた沢田であったが、急に、ニマーッと顔を不気味に綻《ほころ》ばせた。腹の底から湧いてくる嬉しさを抑えきれない――という顔つきだ。

「よくぞ、してのけたぞ、八巻！」

「は？」

卯之吉はポカンと口を開いて、間抜けな声を漏らし、続いて思案顔で首を左右に傾げた。

「それは、お褒《ほ》めのお言葉なんですかねぇ?」

どれだけ思案してもわからない、という顔つきで、

「あたしが何か、褒められるようなことをしましたっけ?」

と質《ただ》した。

「うむ。した! まことに見事な働きであったぞ! いかなる子細かは知らぬが、江戸の材木商の、それも大店ばかりが、深夜、お奉行の許に挨拶に参り、無言で礼金を置いていくのだ! 毎夜のことじゃぞ!」

「ははぁ……、その件でしたか」

卯之吉は、材木商たちを本多出雲守の屋敷へ連れて行っただけで、そこから先のことにはまったく関知していない。というか、過日の件は、卯之吉の頭の中からスポーンと抜け落ちている。

終わったことは終わった瞬間に関心を喪失してしまう。次には忘れ去ってしまう。そんなことより今宵の宴のほうが重要事項だ。卯之吉とはそういう男であった。

卯之吉は「どうでもいい」と言わんばかりの顔つきで、窓の外に垣間見える、奥向の庭などに目を向けていたのだが、沢田は沢田で、卯之吉の顔つきなどには関心がない。

「材木商からの賂で、奉行所の台所向きもずいぶんと楽になった！　上様や大奥、幕閣枢要《すうよう》への付け届けも、滞《とどこお》りなく納めることができようぞ！」

「ははぁ……。お奉行様ってのも、なかなかに大変なお勤めなのですねぇ……」

卯之吉がいい加減に相槌を打つと、沢田は「当たり前じゃ」と吐き捨てた。

「お上に対し奉《たてまつ》り、付け届けが滞るようでは、町奉行の大役は務まらぬ」

「はぁ……」

卯之吉にとっては、どうでも良い話であったのだが、江戸の経済は下から上への金銭の流れで支えられている。

町人は役人に金を上納し、役人は上役へと上納する。その金はついには江戸城内にまで達して、豪勢な御殿や櫓《やぐら》、白亜の城壁、高い石垣や広い濠《ほり》などの維持費や補修費に回されるのだ。補修費は、大工や左官や瓦職人、あるいは濠浚《ほりさら》いの人足などの手に渡り、彼らが市中で金を使うことによって、再び商人たちの手に戻る。

町奉行が無能で、金の流れを止めたりしたら大変なのだ。江戸の経済が即死してしまう。

「そなたの働きのお陰で、上への賂も増えて、お奉行も面目を施された！　そなたを同心に推挙したわしも、ずいぶんと鼻が高い」

「それはよろしゅうございました。では、早速にも祝いの宴会など張りましょう。善は急げと申しますので、今宵あたり、いかがですかね？」

「もう！　何かにつけて宴会じゃな、そなたは！」

「沢田様もお好きなくせに」

「ところが今はそれどころではない」

「宴会どころではない？　はて？　この世の中に、そんな大事がございましょうかねぇ？」

「ある。事と次第によっては、こたびの慶事もいっぺんに吹き飛びかねない凶事じゃ」

沢田は急に深刻な顔に戻った。胃ノ腑を悪くしたような青黒い顔——つまりはいつもの表情だ。

（沢田様には、このお顔がいちばん良くお似合いですねぇ）

などと卯之吉は、まるっきり他人事《ひとごと》のように思った。

「お峰が、公儀御領の内に潜んでおるらしい」

「はい？　お峰さん……ですかえ？」

お峰本人が予想したとおりに、卯之吉はまったく思い出すことができなかった。しかし「誰でしたっけ？」と口に出すのはやめておいた。そんなことを言ったら叱られそうな気がする、というぐらいの智慧は働いた。

「そうだ。お峰だ」

「ははぁ……、それは一大事ですねぇ」

適当に話を合わせつつ、また、窓の外にチラチラと目を向ける。（若葉の青さが目に染みますねぇ）などと呑気《のんき》なことを考えた。

「いかにも一大事じゃ」

明るい庭の陽光とは正反対、御用部屋の奥の暗がりの、判物の山の陰に収まった沢田は、顔色の悪い面相を横に振った。

「小伝馬町の牢屋敷から逃げたお峰は、いまだに捕縛されておらぬ。江戸の外へ逃げたとは申せ、逃がした我らの面目は大きく損なわれたままだ」

「はぁ。そんなこともありましたっけねぇ」

「悪党を逃がしただけでも大事《おおごと》である。そのお峰がさらなる悪事を働くことなどあってはならぬ。我らの面目、信用は地に落ちる。上つ方《うえかた》はもちろんのこと、町人どもからまで、誹《そし》りを受けることとなろう」

「ふむふむ」

などと卯之吉は、どうでも良さそうに相槌を打っている。

「そなたの身も危ういぞ」

「はい？　あたし？」

「お峰はそなたに深い恨みを抱いておろうからな。悪女というものは、とかく執念深いものだ」

「あたしが何か、やりましたっけ？」

捕物も探索も、荒海《あらうみ》一家などの他人に任せっきりなので、卯之吉は自分が手柄を立てたとか、悪党を捕縛したとかいう意識はまったくない。

それはまったくそのとおりなのだが、

「向こうはそうは思っておらぬぞ」

沢田は、まさか卯之吉がここまで同心勤めを他人事だと考えているとは思わなかったので、卯之吉の物言いを別の意味あいで理解した。

「そなたは町奉行所の同心としてお峰を捕縛し、断罪したまでだが、お峰は逆恨みの念を抱いておろう。『恨まれる筋合いはない』というこちらの言い分は、悪党どもには通じぬ」

などと、まっとうな物言いをした。

「お峰は元々、夜霧《よぎり》ノ治郎兵衛《じろべえ》の一味に加わっておった。治郎兵衛一味を捕縛したのは、そなたの働き――ということに、なっておる」

沢田は、卯之吉の本性を知る数少ない人物だ。実際に働いているのは、荒海一家の俠客たちだということも知っていた。

「念を押すが、表向きには、そなたが捕らえたということになっておるのだからな！……まったく、どうしてこんな話になっているのか」

「不思議な話ですよね」

「お峰を捕縛し、牢屋敷に送り込んだのもそなただ。お峰はそなたを恨んでおる。必ずや仕返しを企んでおるはずなのだ」

「はぁ、左様ですか」

卯之吉はそれでも呑気な顔つきだ。

「悪党というお人たちも、難儀なご性分でございますねぇ」

「なにを申すか。悪党どもを退治せねばならぬ我らのほうこそ難儀な話よ」

「ごもっともで」

「ともかくじゃ。お峰を野放しにしておくことはできぬぞ。心して事に当たれ」

卯之吉は、さも面白《おもしろ》そうに笑った。

「あたしに何ができると仰るのですかね。相手は海千山千の悪女なのでしょう？牢屋敷から逃げ果《おお》せるような」

「そなたに何かができるとは思っておらぬわ。荒海一家や、三国屋がつけてくれた用心棒たちに、よく言い聞かせておけ、と申しておるのじゃ」

「なるほど。あのお人たちならば、悪党を退治してくれるかもしれませんね」

「退治してくれるかも、ではなかろうが。これまでも退治させてきたのであろうが。そなたの手柄ということになっている捕り物は、すべて、かの者どもの働きではないか！」

「左様でございました」

「話はこれまでじゃ。下がって良い」

「へいへい」

卯之吉は商人のような物腰で御用部屋を退出しようとした。廊下に出たところ

で、

「ちと、待て」

と、呼び止められた。

「なんでございましょう」

卯之吉は妙に行儀がよい。廊下に膝を揃えて座り直した。沢田は少しばかり言い難そうにして、言った。

「金剛坊《こんごうぼう》一味に手を貸しておった商人が、他にもおらぬか、厳しく詮議《せんぎ》いたせ。しかと申しつけたぞ。他にもおったならば、挨拶に来るように命じておけ」

もっともっと、賂を必要としているらしい。

それはさておき卯之吉は首を傾げた。

「あたしにそんなご詮議を任せるのですかえ」

「馬鹿を申すな。そなたにそんな才覚があるものか。三国屋の徳右衛門にやらせるのだ。あの者ならば江戸の豪商どもの動向には通じておる」

「なるほど」

沢田は顔をしかめた。

「そなたの周りにおる者どもは、一人残らず切れ者なのに、どうしてそなただけが、そんなにも抜けておるのだ」

「まったく、不思議ですねぇ」

卯之吉も真顔で首を傾げる。

「もういい。行け」

沢田は手を振って、卯之吉を追い払った。

三

その頃、お峰は旅の姿となって、中山道《なかせんどう》を北西へ、上野国《こうずけのくに》を目指して歩んでいた。

笠を被《かぶ》り、手には白木の杖。旅塵除《りよじんよ》けの浴衣《ゆかた》を羽織り、春の陽光を浴びて首筋にはうっすらと汗を光らせている。

懐中には、天満屋が用意してくれた道中手形があった。本物と寸分違《たが》わぬ贋作《がんさく》をこしらえるには金がかかる。贋作職人が容赦《ようしゃ》なく吹っ掛けてくるからだ。

しかし、ひとたび贋《にせ》手形を手に入れることさえできれば、あとはどこの関所でも、渡し場でも、疑われることなく通過することができた。

季節は春から初夏へと移ろいつつある。梅雨の直前の、いちばん気候の良い時期だ。用水路から引き込まれた水が田圃《たんぼ》を満たし、植えられたばかりの苗が緑色の葉を伸ばしていた。

中山道は高い土手の上を延びている。この土手は水害から陸路と流通を守る堤防でもあった。

お峰は、（まるで湖の真ん中の、橋を渡っているみたいだ）と思った。

武蔵国《むさしのくに》の平野は、元は内海。縄文時代にはハマグリなど海の貝がいくらでも採れた。その貝殻が貝塚を成している。その後、利根川《とねがわ》や入間川《いるまがわ》などの大河によって運ばれてきた砂や泥が海を埋めた。かくして広大な陸地が形成されたが、家康《いえやす》が入府してくる以前は、人が足を踏み入れることもできないほどの湿地帯、底無し沼が広がっていたという。

田植えの時期の、水を張った水田は、武蔵国がかつて湿地や内海であった頃の景色を髣髴《ほうふつ》とさせる。見渡す限りの水田で風が吹くたびに小波《さざなみ》が立って、陽光をキラキラと反射させた。

ところがお峰は長閑《のどか》な旅を楽しむどころではなかった。後ろには早耳ノ才次郎がピタリとついている。

贋の手形では、お峰は神田の商家の後家、才次郎はお供の手代、ということになっている。寄り添って旅するのは、身分を疑われないためにも当然のことであったのだが、お峰は才次郎の執拗《しつよう》なつきまといぶりを、自分に対する監視であろうと見抜いていた。

（まぁ、好きにさせておくさ）

才次郎は天満屋から『お峰の仕事の手伝いをしろ』と命じられてもいる。ならば、身が磨《す》り減るまでこき使ってやるまでだ。

二人からは距離をおいて、色白の若侍、大橋式部《おおはししきぶ》が歩いていた。こちらも旅装だ。塗笠を目深に被り、打裂《ぶっさき》羽織に野袴。腰には大小の刀を差している。

大橋式部の手形は贋作ではなく本物であった。チラリと垣間見た書面には、長崎奉行所の印が捺《お》されていた。

（長崎から来た蘭学者かえ）

それならば肌の白さや髪の色も納得できる。長崎には和蘭《おらんだ》人や、英吉利《えげれす》人や西班牙《すぺいん》人の血をひいた清国《しんこく》人が入国してくるからだ。

（異国の男や女が暮らしているなら、その子供がいたって不思議じゃないってことサね）

しかしである。なにゆえ異国の血をひいた男が殺し屋稼業をしているのか。いったいどんな過去があったというのか。

しかしそれもまた、お峰にとっては、どうでもいい話だ。悪党が百人いれば、百通りの悲惨で不幸な過去がある。詮索などしていたらきりがない。〝過去を問わない〟というのは、悪党の世界では守られるべき仁義であるのだが、それ以前に「いちいち聞いちゃいられねぇよ」という面倒臭さもあったのだ。

無口で、他人に無関心な大橋式部は、旅の連れとしては悪くなかった。才次郎のように煩《わずら》わしくはない。

「やい、お峰！　それで手前ぇ、どんな悪事を企んでいやがるんだい！」

才次郎がさっそく声を掛けてきた。お峰はちょっと目だけ向けて、また顔を前に戻した。

「口の利き方に気をつけるんだね」

「なんだとッ」

「あたしのことは、お内儀さんと呼びな。手形ではそうなってるんだからね。ここは天下の大道《だいどう》だよ。誰に聞かれるかわかったもんじゃない」

「馬鹿ァ抜かしやがれ！　人の姿が見当たらなくなったから、手前ぇに声を掛けたんじゃねぇか！」

才次郎もまんざら馬鹿ではない。しかしお峰の目から見れば、天満屋の一味は、どいつもこいつも間抜け揃いだ。

（八巻の正体すら、見抜くことができないんだからねぇ……）

南北の町奉行所一の辣腕同心だの、辻斬り狩りの人斬り同心だの、江戸で五指に数えられる剣客だのと噂されているが、その正体は三国屋の若旦那で、吉原で評判の放蕩《ほうとう》息子だ。

お峰にすれば、（どうして、そんなことが見抜けないのか）と首を傾げるばかりなのだが、悪党どもは皆、八巻卯之吉の虚像に幻惑されている。八巻卯之吉という幻を相手に戦っているのだ。

（馬鹿な話さ）

鼻先で笑いたくもなる。

上方で悪名を轟《とどろ》かせた天満屋ノ元締ならば、真実に気がつくだろうと予想していたのだが、どうやら天満屋も卯之吉に誑《たぶら》かされきっているらしい。

天満屋に対する敬意は、お峰の中では崩れつつある。

自分が真実を教えてやったら、どうだろうか、とも考えたのだが、

（そこまでの義理はないね）

と、白けた気分で思うのだ。

八巻の正体を知らせれば、天満屋一味は八巻を討ち取ることができるかもしれない。しかしそれで名を揚げるのは天満屋だ。

（馬鹿らしい）

お峰は鼻先で「フン」と笑った。

悪党は離合集散を繰り返しているだけだ。武士のような忠義心などどこにもない。たとえ自分の親分でも、あるいは子分でも、迂闊《うかつ》に信用したら馬鹿を見る。寝首を掻《か》かれる。そういう者たちの集まりだった。

（八巻はあたしの手で仕留めてやるのさ）

かくして悪名を揚げる。江戸の暗黒街を仕切る女頭目《とうもく》に成り上がってやる。

八巻の正体は暴かないほうが良い。南北町奉行所一の辣腕同心にして、江戸で五指に数えられる剣客の〝八巻卯之吉〟を倒さなければ、お峰の評判も上がらない。

（間抜け揃いの天満屋一味は、あたしの踏み台になってもらうよ）

眩《まばゆ》い陽光と、田圃からの照り返しを満身に浴びながら、お峰の未来も輝いているように思われた。

四

それから一月《ひとつき》ほどは、平穏な毎日が続いた。

「ああ、鬱陶しい雨だぜ」

　季節は梅雨に入っている。雨の降る中、尻《しり》っ端折《ぱしょ》りして着物の裾《すそ》をたくし上げた中年男が、吉原にある惣籬《そうまがき》の大見世、大黒屋《だいこくや》の暖簾《のれん》をくぐった。

小太りの男で、ムチムチと贅肉《ぜいにく》ののった両脚を剝《む》き出しにしている。職人でもないのに尻っ端折り姿なのは、泥道の撥《は》ねかえりで着物が汚れるのを防ぐためだ。すかさず見世の者が盥《たらい》を運んで来て、男の足を洗い始めた。

「まったく、気分の良い雨ですねぇ」

蛇《じゃ》の目《め》傘を畳みながら、今度は卯之吉がしゃなりと入ってきた。こちらは尻っ端折りなどしていない。夏物の縮《ちぢみ》の裾は泥だらけだった。

「なんだよ、気分の良い雨ってのは。これからいよいよ梅雨入りだぜ。鬱陶しい雨が続くってのに、それが嬉しいのかよ」

小太りの男——ここ吉原での通称は遊び人の朔太郎《さくたろう》、その正体は寺社奉行所の大検使、庄田《しょうだ》朔太郎——は、横目で卯之吉を見た。

卯之吉はニッコリと笑顔で答えた。

「いえ、ねぇ……。あたしの気分が良いものですから、するってぇと雨もまた良し、という心地になるのですよねぇ。面白いものですねぇ」

「まったくとんでもねぇ太平楽だぜ」

朔太郎は呆《あき》れ顔で漏らした。

「もしも卯之さんが公方《くぼう》様だったら、天下は万事、丸く治まるんだろうになぁ」

寺社奉行は譜代の名門大名が就任する役職である。寺社奉行を振り出しにして、出世競争を打ち勝った大名が、若年寄、そして老中へと出世を遂げていく。庄田朔太郎も、主君が老中となれば、天下の治世に参画することとなるのだ。

この男にとって将軍は雲の上の人などではない。卯之吉のような太平楽が将軍であったなら、という感想は、半ば本心であったろう。

大黒屋の主がすっ飛んできた。

「これはこれは。ようこそお渡りくださいました」

大黒屋の主は、遊び人の朔太郎の正体が寺社奉行所大検使だということを知っていた。当然、下にも置かぬ扱いだ。

「三国屋の若旦那様も、本日は良いお日和《ひより》で」

大黒屋は卯之吉の性格を知り尽くしているので、当然のようにそう言った。放蕩者の若旦那が同心をやっていることには気づいていないが、愛想笑いは欠かさない。

「お召し物がお汚れでございますよ」

卯之吉に限らず、大通人《だいつうじん》を気取る者は、大雨でも尻っ端折りなどはしない。当然に裾が汚れてしまう。

「うん。着替えを持ってきたよ」

卯之吉がそう答えると、

「へいへい。こちらにご用意しているでげす」

銀八《ぎんぱち》が滑稽《こっけい》なガニ股で入ってきた。着物を入れた箱を、大風呂敷で包んで担いでいた。

大黒屋は笑顔で卯之吉を奥へ誘《いざな》った。

「お着替えは、こちらで」

雨が降ったぐらいのことで、いちいち全身の着物を換えるのが、金持ちというものであったのだ。

「さぁ、楽しくやっておくれなー」

卯之吉が甲高《かんだか》い声を張り上げる。二部屋の境の襖《ふすま》を取り外し、大広間にしたてた二階座敷に、大勢の遊女やお囃子《はやし》が集められていた。

座敷の真ん中にはドーンと、巨大な松の盆栽が据えられている。天井に届きそうな枝振りだ。その周囲には台ノ物と呼ばれる飾り料理が並べられていた。

何人も横に並んだ三味線弾きが、一斉に撥《ばち》を鳴らし始める。鐘や太鼓も、ここを先途《せんど》と打ち鳴らされた。

なにしろ卯之吉は金離れが良い。そして金力は無尽蔵《むじんぞう》だ。卯之吉の機嫌さえよければいくらでも、小判の雨が降ってくる。

「ああ、愉快愉快」

卯之吉は手を叩いて喜んだ。

遊女たちが一斉に舞い踊る。禿《かむろ》も愛らしい声で唄っている。

金屏風《きんびょうぶ》を背にして、卯之吉と朔太郎が並んでいる。卯之吉は、ニカッと白い歯を見せて笑って、

「楽しいですねえ。面白いですねえ」

と声を掛けた。

ところが。

「おや、どうしましたかね朔太郎さん」

卯之吉は朔太郎の表情が優れないことに気づいた。

底抜けの太平楽ではあるが無神経ではない。他人の気持ちを察するのに敏だ。蘭方医の修業をしていた頃などは、患者やその家族に同情しすぎてしまい、つらくて、悲しくて、治療もままならなかったほどである。患者の気持ちが理解できない医者も問題だが、理解できすぎてしまう医者はもっと問題だった。

それはさておき卯之吉は、急に心配そうな顔つきとなって、朔太郎の横顔を覗きこんだ。

朔太郎は苦笑いして、顔の前で片手を振った。

「よしてくれ。オイラの顔は判じ物じゃねぇんだ」

判じ物とは絵解きの謎々のことである。

「ですがね。どうしてそんなに浮かない顔をなさっているのですかね？」

「そりゃあこっちが訊《き》きてぇよ。オイラはそんなに辛気臭《しんきくせ》ぇ面相をしているのかい」

「あい。なんだかお悩み事がありそうに見えますよ」

「そう見られちまったんじゃあ、仕方がねぇなぁ」

朔太郎はあぐらをかき直した。

「寺社奉行所なんてもんは、呑気で気楽なお勤めだ。今どきの寺社が、武家に楯《たて》突《つ》くはずもねぇからな」

戦国時代ならば、大社や大寺院は、神人《じにん》（神社に仕える武装勢力）や僧兵を使い、あるいは信者をけしかけて、武装闘争や宗教一揆《いっき》を頻発《ひんぱつ》させたが、今はなべて天下太平である。また、寺社は自治が基本なので、幕府や寺社奉行が嘴を挟まずとも、自力で宗派を運営できた。

「暇なお勤めだから、このオイラも、遊び人を気取って飲み歩いていられるわけだけどな……」

朔太郎は宴席に目を向けた。歌と踊りと鳴り物が最高潮で、二人の会話を聞かれる心配はない。遊女や芸者たちも、まさか、遊び人と放蕩息子が、幕府の枢密について語り合っているとは思うまい。

「ところが、やっぱり、寺社奉行ってのは、大名が就くだけのことはあるんだ。ひとたび事が起こるっていうと、相手は極めて厄介なんだぜ。大名がわざわざ乗り出さなくちゃ、事が収まらねぇってぇ話になる」

「ほう。そんな大事が起こっていますかね」

卯之吉の、まるっきり他人事の顔つきを見て、朔太郎は苦笑いした。

「町奉行所の同心には、関わりのねえ話だろうから、知ったこっちゃねぇんだろうけどな、お前《め》ぇさんの実家には、ちっとばかし、関わりのある話かもしれねぇぞ」

「あたしの実家? 三国屋のことですかえ」

「そうだぜ。公領の年貢がどうしたこうした、という話にもなりかねねぇ」

「それは一大事ですねぇ」

卯之吉はそれでも我関せずという顔つきで、いつのまにか箸を手に取って、膳の肴《さかな》をつついている。

まさか卯之吉が軽く聞き流しているとは思わず、朔太郎は思案顔で腕組みをした。

「年貢に滞りが出るようなら、勘定奉行所も乗り出してくるはずだぜ。二つの役所が関わるっていうと、どうしたって角《つの》の突き合いにならぁ。すり合わせをするのはオイラの勤めだ。勘定奉行所の算盤《そろばん》侍を相手に、ああだこうだと言い合いをしなくちゃならねぇ。ヤツらは小利口で勘定高いだけにいちいち面倒だ。やれやれ。今から気が重いぜ」

「それは大変でございますね。……ああ美味《おい》しい」

「おい、ちゃんと聞いているのかよ」

「ええ、聞いていますよ。だけどねぇ、あたしなんかにはどうしようもない話ですのでねぇ」

「お前ぇさんに『どうこうしろ』と言ってるんじゃねぇ。三国屋に、公領の情勢から目を離さねぇように伝えておけと言ってるんだよ」

「はぁ、なるほど」

などと答えながらも卯之吉は、三国屋に伝えに行くつもりもなかった。

(お祖父《じい》様ならとっくの昔に話を聞きつけて、今頃は着々と手を打っていなさるでしょうからねぇ)

幕府で起こっていることはすべて筒抜けで、先に先にと手を打っておく。徳右衛門のような政商は、それぐらいの芸当ができなければ即座に潰される。

(うちのお祖父様に限って、手抜かりはないでしょう)

だからこうして安心して遊んでいられるのだ。卯之吉は朱塗りの大盃を飲み干した。

一方の朔太郎は、相も変わらず浮かない顔だ。

「オイラも公領に下らなくちゃならねぇかも知れねぇ。卯之さんとこうして遊んでいられるのも、これが最後かもわからねぇな」

「左様ですか。それじゃあ名残《なごり》の宴ですね。さぁ、皆さん！　今宵はとことん派手にやりますよ！　そぅれ、歌えや踊れや！」

飛び出すようにして立ち上がると、遊女たちの輪の真ん中で踊り始めた。

「……駄目だコイツは」

朔太郎は片手で顔を覆《おお》ってうなだれた。

雨はますます強くなっている。二階座敷の窓の下で、雨に打たれる庇《ひさし》が音を立てていた。

五

雨が降り続いている。夜中の通りは墨を流したように真っ暗だ。遠くに立つ常夜灯の明かりが、雨の向こうで霞《かす》んで見えた。

前に傾けた笠で雨滴を弾き、背負った蓑《みの》から水を散らしながら、一人の男が走ってきた。

白い壁の町家が並んだ通りの角に、蓑笠を着けた男たちの集団が立っている。一切の無言。手に下げた提灯《ちょうちん》には、紅色の文字で『荒海』と書かれてあった。走ってきた男は、集団の前で腰を屈《かが》めて、泥水だらけとなった地べたに片膝をついた。

「行列が、こっちィ来やした！　町に入ろうとしているところなんで」

蓑笠の集団の先頭で報告を受けたのは、赤坂新町《あかさかしんまち》を根城とする侠客、荒海一家の親分、人呼んで荒海ノ三右衛門《さんえもん》である。険しい顔つきで顎《あご》をクイッと引くと、殺気だった眼光を通りの先に向けた。

「木戸番の爺《じじ》ィはどうした」

片膝をついた男――荒海一家の若い者――が答える。

「てんでだらしがねぇ。木戸を塞《ふさ》いだ様子はねぇですぜ！」

「自身番はどうだ」

「番屋に詰めた番太郎も、見て見ぬふりでさぁ」

三右衛門は再び頷いた。

「どうやら、木戸番や番太郎にも『手出しはするな』とのお達しが出ているらしいな」

三右衛門は「見張りに戻れ」と若い者に命じた。若い者は水しぶきを上げながら、闇の中へと戻っていった。

荒海一家の代貸《だいがし》、すなわち一ノ子分の寅三《とらぞう》が、笠の下で顔をしかめた。

「その行列は、いってぇ、どういうつもりでこんな夜中に」

三右衛門は渋い顔つきで答えた。

「秩父《ちちぶ》に夜参りだとか抜かしてやがるが……。果してどんなもんだか。なにを御本尊に拝んでいるかも知れねえ連中だぜ」

「夜参りにしたって、こんな夜中に大勢で練り歩くなんて質が悪すぎますぜ！お上の御法度《ごはっと》をなんだと心得ていやがる！」

幕府の法度や町触れに照らし合わせれば、一揆だと決めつけられても不思議はない。他人の不道徳を侠客が憤《いきどお》るのもおかしな話ではあるが、町内の親分衆が町内の治安維持を委託されていた時代である。

「昼も夜もねぇんだろうぜ。なんたって相手は神憑《かみつ》きだ。人間サマの事情なんざ、端《はな》からどうでもいいんだろうよ」

などと言っている傍《そば》から、

「おう、来やがったぞ」

なにやら祝詞《のりと》らしきものを唱えながら、蓑笠姿の、陰鬱《いんうつ》な集団が、固まりとなって歩いてきた。

(気味が悪い)とは、俠客の名に賭けて口には出せなかったけれども、荒海一家の博徒たちは皆、ある種の戦慄《せんりつ》に打たれた。

「ひと、ふた、みよ、いつ、む、なな、や、ここの、たり。ふるべゆらゆらとふるべ……」

笠で顔を隠した男女が唱える低い声が、陰々滅々《いんいんめつめつ》と響いてくる。怖いもの知らずであるはずの俠客たちが、思わず、後ずさりをした。

「ひと、ふた、みよ、いつ、む、なな、や、ここの、たり。ふるべゆらゆらとふるべ……」

集団は謎の文言を唱えつつ、近づいてくる。提灯を手にしている者はほとんどいない。蠟燭《ろうそく》も買えない貧しい者たちの集団のようだ。笠も蓑も古物で、日の下で見ても真っ黒であったに違いなかった。

その集団の中に一人だけ、輿《こし》に担がれた者がいた。

「なんでぇ、ありゃあ。まるでお宮の巫女《みこ》さんだ」

荒海一家の子分の一人、粂五郎《くめごろう》が言った。

輿の上に座っているのは、まだ二十歳《はたち》前に見える若い娘で、白衣《びやくえ》の上に千早《ちはや》を着ていた。輿を囲む男たちの頭が邪魔でよく見えないが、緋袴《ひばかま》も穿いているものと思われた。

黒髪は結い上げず、垂らし髪にしている。

「あれが御神体かい」

粂五郎が呟《つぶや》いた。冗談で言ったのかも知れないが、確かに、御神体という表現がしっくりくる。少なくとも周囲の者たちは、巫女装束《しようぞく》の娘を、生き神様であるかのように大事に扱っていることが窺《うかが》えた。

荒海一家の男たちの目にも、容易ならぬ集団だと一目でわかった。皆々、目つきが尋常ではない。迂闊に手を出したりしたら、一斉に、ものも言わずに襲いかかってきそうにも思われた。

集団は、道の脇に立って見守る荒海一家には目もくれない。視界に入っていないようだ。延々と、謎の祝詞を唱えながら通りすぎていく。男たちと、彼らが担ぐ輿の娘を先頭にして、足弱の女たちと老人、老婆が続いた。

集団が町内の目抜き通りをすぎて、町の境の木戸を抜けた時、荒海一家の男たちは期せずしてため息を漏らした。

粂五郎が気を取り直して、顔をしかめた。

「殿上人《てんじょうびと》じゃああるめぇに、輿に乗るたぁ、どういう了簡だ」

寅三が答える。

「なんでも、あの娘は、手前ぇの足では歩けねぇ身体《からだ》らしい。それでお上も格別のお志《こころざし》で、輿を許していなさるのだそうだ」

「秩父のお宮に夜参りすれば、歩けるようになるってんですかい」

「まるで小栗判官《おぐりはんがん》だな」

無駄話を遮《さえぎ》るように、三右衛門が皆を見回した。

「おとなしく江戸から出て行くってんなら、こっちからちょっかいを掛けることもあるめぇ。さぁ、賭場《とば》に戻れ。この雨っ降りだが、博打《ばくち》好きの客人はお構いなしにやってくるぜ」

男たちは「へぇい」と答えて賭場に戻った。荒海一家の表稼業は、奉公人を武家屋敷に世話する口入れ屋だが、裏では博打で稼いでいた。

代貸とは、貸元（博打の胴元。三右衛門の賭場では三右衛門）の代わりに賭場を仕切る者のことをいう。博打打ちを毎晩のように見ている寅三が、歩み去った集団のほうに目を向けた。

「あいつら、一人残らず、博打にとり憑かれた連中と同じツラつきをしていやしたね。目尻がつり上がって、目を開けているのに、何も見えちゃいねえ」

「神様にとり憑かれていやがるのさ」

「神憑きってのは、拝み屋や憑坐《よりまし》のことを言うんだと思っていやしたが、どうやらそうじゃねぇようですぜ」

「そうだな。神様にとり憑かれているのは、信者のほうらしいや」

二人は口入れ屋の三右衛門店《だな》に戻った。謎の信者集団は無事に町を出て行った。これ以上、道を見張る必要もない。

若い者が板戸を下ろした。

第二章　女駆け込み寺

一

「なんだか寒い。綿入《わたい》れが欲しくなるね」

日本橋室町《むろまち》札差、三国屋の主の徳右衛門は、ブルッと身震いしながら、書院の前に座り直した。

床ノ間の脇にあけられた窓を〝書院窓〟といい、その下の棚を書院棚という。空の暗い日に、読み書きをするための机として使われた。

齢《よわい》七十歳を超えた徳右衛門だが、頭の切れ具合はまったく衰えることを知らない。人生経験を重ねていよいよの絶好調。悪知恵も冴えまくる一方だ。

しかし、視力のほうは年相応に衰えている。書院窓を開け放たなければ、満足に文面を読み下すこともできない。

窓を開ければ当然に、外の風が吹き込んでくる。

梅雨時の寒気を梅雨寒《つゆざむ》というが、当時は地球規模での寒冷期でもある。小氷期だったのではないか、という説もあるほどで、江戸の気温は現在の青森や北海道に相当するほど低かった。

「炬燵《こたつ》が欲しいよ」

ブツブツと文句を言いながら、勘定奉行所より下げ渡された年貢の判物に目を通していく。たとえどんなに寒くても「炬燵を出しなさい」とは命じない。炬燵を出したら、炭を買ってこさせて、火をつけなければならないからだ。

「炭代がもったいない」

それなら震えているほうがましだ。

どこまでも吝嗇《りんしょく》にできている徳右衛門なのである。この倹約があったからこそ、三国屋を江戸一番の札差に育て上げることができたのだ。

「それにしても、鬱陶《うっとう》しい雨だね」

窓の外では雨が降り続いている。若葉の緑が露に濡れて色鮮やかだ。ところが徳右衛門は、孫の卯之吉とは正反対で、時候の風物を愛《め》でる心は持ち合わせていない。

「今年も冷夏になるのだろうかね」

去年は長雨に祟《たた》られて散々な目にあった。江戸の北方の日本堤が決壊し、浅草御蔵が泥水に浸かってしまったのだ。

札差とは、公儀が保管する年貢米を売って、現金に換えることを商いとしている。その年貢米が駄目になれば、商売の元手を失って、最悪、破産することもありえた。

（お上がどれほどの権勢を誇ろうとも、百姓衆がどれほど懸命に働こうとも、年貢米の採れ具合は、お天道《てんとう》様のご機嫌次第だ）

人間は非力である。

（だからこそ油断なく、米と金とを蓄えなくちゃいけないのだね）

これまた卯之吉の祖父だとは思いがたいことを考えていた、その時であった。

ドタバタと凄《すさ》まじい足音が、書院窓とは反対側の廊下から響いてきた。

表店《おもてだな》から、店の者が走ってくる。

徳右衛門は（なんだろう）という顔をして座り直した。こんな時、並の商人なら「家の中で走ってはなりません」と叱る。しかし徳右衛門は行儀の悪さに腹を立てることはなかった。それどころか、急の報《しら》せは一刻も早く伝えるようにと常々指示をしていたほどだ。静々と足を運ぼうものならかえって叱りつけられてしまう。

「大旦那様ッ」

三十ばかりの喜七《きしち》という名の手代が、廊下で、膝を揃える前に叫んだ。

「一大事にございますッ。倉賀野《くらがの》の、御蔵屋敷の米俵が、覆《くつがえ》りましてございますッ」

「米俵が覆った？」

御蔵屋敷とは年貢米を収蔵している役所・建物のことだ。いち早く伝えろと申しつけてはいるが、これでは話が通じない。

「いったい何を言っているのだ。落ち着いて喋《しゃべ》りなさい」

手代の喜七は目を白黒させながら答えた。

「御蔵米を江戸に回送するために河岸を離れた川船が、川中で転覆したのでございます！」

「なんだって！」

徳右衛門は泡を食った。

「まさか、その御蔵米は、うちで札を差したお米じゃあるまいね！」

札差は、自分が扱う米俵に木の札を差しておく。だからこそ札差と呼ばれる。

喜七は泣きだしそうな顔をした。

「大旦那様が札を差した俵にございますぅ」

徳右衛門は立ち上がり、顎《あご》をガクガクと震わせた。しばらくは声すら出てはこなかった。

二

大雨が降り続いている。中山道の堤から見下ろした田圃《たんぼ》は、畦道《あぜみち》が水面《みなも》に浸るほどに水を貯めていた。植えられたばかりの苗も水の底に沈んでいた。

「雨足が強うございます。馬が足を滑らせては一大事となりましょう」

馬の轡《くつわ》をとっていた馬丁《ばてい》が、馬から下りるようにと促《うなが》した。馬が転んで横倒しとなり、馬体の下に挟まれたりしたら、騎乗の武士の命に関わる。

庄田朔太郎は素直に馬から下りて、手綱《たづな》を馬丁に預けた。

「まことに酷《ひど》い雨であるな」

遊び人の朔太郎と同一人物だとは思えぬ、しかつめらしい口調と顔つきで言った。

庄田朔太郎が郡《こおり》奉行ならば、この田圃の状況が稲作にとって、とてもまずいことだと理解できたはずである。稲は南方原産の植物で、強い陽差しと熱気によって育てられる。冷たい水に浸かっていると、苗ごと腐ってしまうこともあったのだ。

不安げな顔をした百姓が、雨の中、泥田に浸かって苗を見て回っていたけれども、庄田朔太郎は、稲や百姓を気にかけるだけの余裕はなかった。笠を前に傾け、蓑《みの》から雨水を滴《したた》らせながら歩み始めた。

お供には徒士侍《かちざむらい》二人がついている。徒士侍とは、馬には乗ることの許されぬ軽輩の武士のことだ。その後ろには挟《はさ》み箱や、合羽《かっぱ》入れという籠《かご》を担いだ中間《ちゅうげん》と小者が六人ばかり従っていた。そして最後尾には馬と馬丁が続く。寺社奉行所大検使の名に相応《ふさわ》しい供揃えであった。

供の徒士侍の一人、松倉荘介《まつくらそうすけ》が深刻そうな顔をして歩み寄ってきた。二十歳前だが、利発であるので常々目を掛けている男であった。

松倉の笠で雨の弾ける音がはっきりと聞こえた。それほどに強い雨足である。

「なにやら雲行きが怪しゅうございます。この先には大河もございますれば、宿に留まられて日和見《ひよりみ》をなされたほうがよろしかろうかと……」

まったく道理であったのだが、庄田朔太郎は首を横に振った。

「ならばこそ急がねばならぬ。利根川を渡れなくなったら大事《おおごと》だ」

河の水嵩《みずかさ》が限度を超えると、渡し舟は運行をやめてしまう。

一行は急ぎ足で進んだ。堤の上を延びる中山道も、もはや水はけの限度を超えている。道は泥濘《でいねい》と化している。何度も足を取られて転びそうになった。

二刻（約四時間）ほど苦労しながら歩んでいるうちに、深谷《ふかや》宿に入った。

庄田朔太郎が跨《また》がってきた馬は、庄田家の持ち物ではなく、街道の問屋《といや》に仕立てさせた馬であった。宿場では、役人の公務に供するために馬を飼うことを義務づけられている。

朔太郎は深谷宿の問屋に馬を返した。乗り捨てである。ここで乗り捨てられた馬は、深谷宿の宿場役人が、馬を提供した宿場まで引いていく。

朔太郎は休むことなく先を目指すことにした。

空が暗くなってきた。日が暮れる前に目的地に着かなければならない。

深谷宿から脇道にそれて北上し、平塚《ひらつか》河岸へと向かう。道はますます悪くなり、まるで田圃の畦道を歩いているかのようだ。ところがこれでも深谷宿の陸運と利根川の舟運《しゅううん》とを結ぶ輸送路なのであった。

庄田朔太郎は笠にちょっと手をやりながら、周囲に目を向けた。

見渡す限り何もない、平らな土地が広がっている。

遠くに、ポツリポツリと小高く盛り上がった場所がみえた。森があり、あるいは集落が建てられている。そんな様子が離れ小島を連想させた。

(そういえば昔、卯之さんが、武蔵国は元は海だったと言ってやがったな……)

卯之吉は蘭学者との繋《つな》がりが密接なので、時々とんでもない知識を披露する。

(どうしてそんなことがわかるのか、その時は訊《き》かず終《じま》いだったが……)

この景色を見ると、まんざら嘘とも思われなくなってきた。

庄田朔太郎は泥を撥《は》ねながら進んだ。次第に方向感覚が無くなってくる。空を見上げても太陽は見えない。本当に正しい方向に進んでいるのか、不安になってきた。

意識まで朦朧《もうろう》としてきた。

(身体《からだ》が冷えているせいだ)

松倉荘介の進言に従って、深谷宿で雨がやむのを待つべきだったか、などと、弱気にも考えた。

それでも辛抱して進んでいくと、雨に煙った景色の向こうに、堤らしきものが見えてきた。巨大な蛇のように長くて黒い土手の上に、松の木が何本も植えられていた。

「おう、利根川の堤だぞ」

朔太郎はホッと安堵《あんど》した。そして松倉に命じた。

「渡し舟が動いているかどうか見て参れ。もしも舟が陸に上げられておるようであれば、船頭を捕まえて舟を用意させるのだ。『満徳寺《まんとくじ》の御用だ』と告げるのを忘れるな」

「ハハッ」

松倉は片手で笠を押さえながら走り出した。朔太郎たち一行は、その後ろをゆっくりと進んだ。

近づいてみると、利根川の堤は二丈（約六メートル）ほどもの高さがあった。木の杭《くい》と石とで階段が作られている。朔太郎たちは石段を踏んで、堤の頂まで上がった。

急に視界が開けて利根川が目の前に広がった。

坂東太郎《ばんどうたろう》の異名を誇る大河ではあるが、ここはやはり上流。江戸の大川ほどの川幅はない。

先行させた松倉が駆け戻ってきた。

「舟を出すように命じました。あちらにて待たせてございます」

指差した先に桟橋があって、川船が着けられていた。

「ずいぶんと大きな船だな」

渡し舟ではない。荷を運ぶヒラタ船のようだ。船頭も、艫《とも》と舳先《へさき》に一人ずつの、合わせて二人が立っていた。

「船頭が申しますには、渡し舟では覆るやも知れぬ、とのことでございましたので、大事をとって、大きな船を仕立てさせましてございまする」

「うむ。ようやった」

江戸っ子たちはもっと小さな猪牙舟《ちょきぶね》で大川を平然と渡るわけだが、今は公儀の御用である。万が一にも庄田朔太郎が水死することにでもなれば、それは公務のしくじりだ。主君である寺社奉行が将軍に対して顔向けできないことになる。

朔太郎たち一行は土手を下った。

「川砂に、おみ足をお下ろしにならねぇように、お気をつけくだせぇ。砂の下は水を吸った泥でごぜぇますだ」

船頭が声を掛けてきた。朔太郎たちは、川岸に作られた長い桟橋を渡って進んだ。この桟橋は増水のたびに水没するのであろう。表面が苔《こけ》でヌルヌルとしていた。

朔太郎は苦労して、船の艫にたどり着いた。

「お役目、ご苦労さまにごぜぇますだ」

船頭が頭を下げた。

渡し舟の船頭は町人だが、道中奉行（勘定奉行の兼任）の支配を受けた見做《みな》し役人でもある。ヒラタ船は荷船なので、川船改役《かわふねあらためやく》（俗に川船奉行とも呼ばれた）の支配も受けている。船には川船改役所の焼き印が入れられていた。

庄田朔太郎の一行は寺社奉行所の役人なので、道中奉行所や川船改役所への遠慮もあり、船頭が相手とはいえ、あまり大きな態度には出られない。

「面倒を掛ける。そちらの役所には後日礼を申しておくぞ」

丁寧《ていねい》に声をかけながら、船に移った。

普段の〝遊び人の朔太郎〟は、船頭を相手に気安く飲み交わす男だ。猪牙舟にも乗り慣れている。

江戸の遊び人は、猪牙舟にすんなりと乗り込むことができて一人前だ。

船頭は船を揺らすことなく乗り込んできた朔太郎に感心している。しかし家来たちはそうも行かず、乗りこむたびに船体を左右に大きく揺らし、川面《かわも》に大波を立てた。

朔太郎は小さな声で「とんだ野暮《やぼ》だぜ」と愚痴《ぐち》をこぼした。川面を叩く雨の音があまりにも大きかったので、家来たちに聞き取られることはなかった。

舳先の船頭がもやい綱を解いた。艫の船頭と二人で桟橋を棹で突いて、船着場を離れた。

船は利根川を渡っていく。

「水嵩がありますだで、中州を歩いてもらわずともすみますだ」

川の水量が多いことは、この船頭たちにとってはかえって好都合のようであった。

船は力強く利根川を漕ぎ渡った。この川の真ん中が、武蔵国と上野国の国境である。一行は武蔵国を出て、上野国に入ったことになる。

そして対岸にある平塚河岸に滑り込んだ。

「さすがに大きな河岸だ」

川船としては最大級の高瀬舟《たかせぶね》が繋留《けいりゅう》されていた。桟橋も頑丈に、そして幅も広く作られていた。船の真横に荷車を着けることさえできそうだ。

警戒も厳重である。笠を被《かぶ》った侍たちが、刀の鞘《さや》に反《そ》りを打たせて近寄ってきた。いつでも抜刀できる鞘の角度だ。蓑は着けていない。万が一斬り合いになった際に邪魔になるからだろう。

「止まれ！　何者か！」

居丈高《いたけだか》に声を放ってきた。それも役目だ。たとえ相手が老中でも、河岸番はこのように誰何《すいか》してくるものなのである。

朔太郎は、心得きって答えた。

「寺社奉行所、大検使、庄田朔太郎でござる！　役儀にて満徳寺に赴《おもむ》く途上！」

河岸番の侍たちは「ハハッ」と答えて、折り敷いた。笠を脱いで低頭する。

「お役目、ご苦労に存じあげまする」

このような堅苦しい挨拶《あいさつ》の決まり事も、公儀の格式を守るため、なのであった。

河岸は石垣で土留めされていた。ダシと呼ばれる石段を上がった先に、河岸問屋《かしどいや》があった。

厳重な蔵が何棟も建っている。さらには河岸の全体が、高くて厚い塀によって囲まれていた。

庄田朔太郎と家来の一行は、河岸番の侍たちに取り囲まれるようにして、河岸の外まで見送りを受けた。

「さすがは御勘定奉行所の御支配。物々しいことにございますな」

河岸をだいぶ離れてから、松倉荘介がそう言った。

朔太郎一行は、平塚河岸から真っ直ぐ北へ延びる街道を歩んだ。この街道を銅《あかがね》街道という。

下野国《しもつけのくに》、足尾《あしお》には、古《いにしえ》より銅山が栄えていた。掘り出された銅鉱石は、足尾の鋳銭座《ちゅうせんざ》で精錬され、銅銭に加工される。銅銭は箱に納められ、渡良瀬川《わたらせがわ》ぞいの足尾街道を舟と荷駄によって運ばれる。上野国に出て、そこから陸路、この銅街道を通り、平塚河岸まで運ばれて、平塚河岸からは荷船で江戸に運び込まれるのであった。

公儀の貨幣を積み出す河岸であるのだから、警戒が厳重なのは当然のことであった。

一行は雨の中を歩み続けた。

河岸を出て一里の半分も歩かぬうちに、雨で白く霞《かす》んだ彼方に、大きな屋根が見えてきた。

「満徳寺だ」

庄田朔太郎は慄然《りつぜん》としながら呟《つぶや》いた。

寺社奉行所大検使という大任を公然と無視して、昼間から酒を飲み、卯之吉のような放蕩《ほうとう》者とも親しく交わる大器者——あるいは不埒《ふらち》者——である朔太郎をして、ここまで慄然とせしめたことにはわけがある。

時宗一本寺《じしゅういっぽんじ》、徳川山《とくせんざん》満徳寺は、徳川《とくがわ》将軍家の御位牌所《ごいはいじょ》。歴代将軍と、その縁《ゆかり》の人びとの位牌を祀《まつ》って、念仏回向するためにのみ存在する寺だったのだ。檀家は徳川将軍家ただ一つ。極めて特異な格式を誇る寺院であった。

しかもこの土地は、その名を徳川郷という。徳川家発祥の地だ。この地に住まう村民たちは、実態は百姓だけれども、皆、腰には刀を差し、大名行列と行き会っても土下座をせずに黙礼するだけで済ませる特権を持っていた。

庄田朔太郎といえども骨に染み入るがごとき緊張感に襲われる。だが、いつまでも雨中に立っているわけにもゆかない。

「参るぞ」

供の者たちに一声かけて、大きく足を踏み出した。

三

徳川山満徳寺は、将軍家御位牌所という物々しい響きとは裏腹に、さほどに大きな寺ではなかった。

建立したのは鎌倉時代の武士、徳川四郎義季《しろうよしすえ》である。たまたま子孫の家康が天下をとったというだけの話で、義季自身は、至って平凡な田舎領主であった。大きな寺を建てる経済力など、持っていなかったのである。

それでも本堂の大屋根は、他を圧倒して巨大に見えた。周りに何もないからだ。本堂の裏手に立つ大欅《おおけやき》だけが、やけに大きな枝振りを空に広げているばかりであった。

庄田朔太郎は寺の正面に回った。裏口である通用門もあるはずだが、朔太郎は公務であるので、正面より入山する。

山門は、世間の寺院で見かける仁王門などではなく、簡素な冠木門《かぶきもん》であった。二本の門柱を立てて、貫《ぬき》と呼ばれる横木を渡しただけの構造だ。門扉は半分開けられており、半分が閉められている。半分開けられているからといって通ることはできない。開門とは、門扉が両方開けられている状態を指すのであって、片方だけ開いているのでは閉門と同義なのだ。扉が半分開けられているのは掃除の者などの便宜のためであろう。

「御開山拝登――」と、声を放って開門を促そうとした、その時であった。

「ご憐憫《れんびん》！　ご憐憫を願いますッ！」

若い女の金切り声が背後から聞こえてきた。

朔太郎はちょっと驚いて振り返った。

若い娘が走ってくる。なんと着物の襟がはだけて乳房や臍《へそ》が丸出しになっていた。着物はボタンやピンなどで止めていないので、長距離を走ると帯を残して前が開いて、裸も同然になってしまう。それがわかっているから飛脚《ひきやく》は最初から褌《ふんどし》一丁で、魚屋は褌と法被《はっぴ》だけで走る。

帯だけを残して裸の女が走ってきただけでも驚きなのに、さらにその後ろから、

「コラッ、待たんか！」

男たちの十人ばかりが群れを成し、泥を巻き上げながら突進して来た。

「いかん、駆け込み者だ！」

朔太郎は家来たちに顔を向け、両手を振り回した。

「道を空けよ！　女の行く手を遮ってはならん！」

庄田朔太郎は寺社奉行所大検使である。公儀の重職だ。そんなお偉いお役人様が急いで道を半裸の女に譲った。お供の者たちも道の端に避《よ》けた。

半裸の女は、会釈《えしゃく》もなく武士たちの目の前を走り抜けると、その先にある黒塗りの門――満徳寺の門に走り込もうとして、躓《つまず》いて転んだ。

女を追ってきた男たちも朔太郎の前を走り抜ける。こちらも常軌を逸した顔つきだ。転んで倒れた女に飛び掛かって、その襟首《えりくび》を摑《つか》んだ。着物ははだけていたけれども帯は結んである。無理やりに引きずり起こした。女は悲鳴を上げた。

「捕まえたぞ！　さぁ、村さ帰《け》ぇるんだ！」

女を摑んだ男が叫んだ。

三十ばかりの百姓で、身形《みなり》は貧しい。最後に月代《さかやき》を剃ってから十日ぐらいは経っていようか。いが栗みたいに髪が伸びている。風采《ふうさい》も上がらず、着物は継《つ》ぎ接《は》ぎだらけで、洗っても落とせぬ汚れが染みついていた。

腕っぷしだけは太い。女の襟を握った拳は石のように頑丈だ。日々農耕に明け暮れる百姓ならばこそだろう。

女は「放せえっ」と泣き喚《わめ》いた。細腕を振り回し、男を殴るやら引っかくやら、半狂乱である。

「ええい、面倒だ、ふん縛《じば》れ！」

別の男が叫んで、本当に縄を持ち出した。束にして腰から下げていたのだ。

その男は女の腕をねじ上げて、縄を掛けようとした。

「待て！」

朔太郎は叫んだ。

男たちは、そこに立派な武士がいることに初めて気づいたような顔をした。

朔太郎は男たちを睨《にら》みつけた。

「その女の髷《まげ》は、門内に入っておった。このわしがしかと見届けた。女の身柄は満徳寺のものである！」

男たちは「ええっ」という顔をした。ポカンと口を開いている者もいる。その歯が虫歯で欠けていた。

「あのぅ、お侍《さむれ》ぇ様」

百姓の一人が、訝《いぶか》しげに顔を向けてきた。多少なりともまともな身形をしているので、一同の中では大人《おとな》（成人という意味ではなく、町人社会でいうところの親方）なのかも知れない。

「お侍ぇ様は、どういったご身分なので……」

朔太郎は吉原では見せぬ、厳《いか》めしい物腰で答えた。

「寺社奉行所大検使、庄田朔太郎である」

「御寺社奉行所の……！」

田舎の百姓でも、江戸の寺社奉行所が、寺や神社を仕切っていることは知っている。

「ヘーッ！」と一斉に地べたに土下座した。女まで慌てて着物を直して平伏した。

「女」

朔太郎は鋭い目を向けた。

「そなたの身柄は満徳寺の預かりとなった。寺内に入るがよい」

女がハッとして顔を上げ、それからまた、地面に顔がつくほどに平伏した。

「お待ち下せェ、お役人様！」

代わりに顔を上げたのが、例の大人だ。

「この娘は、あっしたちが取り押さえましたので……！」

朔太郎は首を横に振った。

「女の髷は山門の内に入っておった。身体の一部でも門をくぐりさえすれば、その者の人別《にんべつ》は寺に移る――というのが寺法《じほう》だ」

「だ、だけんど……」

「公儀の法度《はっと》に従えぬと申すか！」

叱りつけると、百姓たちは反射的に「へへーッ！」と低頭した。

「め、滅相も……」

「ならば邪魔立ていたすな。女！　疾《と》く、寺に入れ！」

女は急いで立ち上がり、乱れた着物を恥ずかしそうに押さえながら朔太郎に一礼し、門の内にヨロヨロと駆け込んだ。

百姓たちが「あああ……」と、情け無い声を漏らした。

朔太郎は百姓たちを睥睨《へいげい》した。

「左様なれば、女の身柄は満徳寺と、寺社奉行所にて預かる！　お前たちは村に戻り、詮議《せんぎ》の呼び出しを待て」

百姓たちは、また、深々と低頭した。

騒ぎを聞きつけて、満徳寺の寺男がやって来た。

「庄田様でございますな。お待ち申し上げておりました」

門扉を大きく開ききる。

朔太郎は（着いて早々、なんという騒ぎに巻き込まれてしまったのだ）と半ば呆《あき》れ、半ば暗澹《あんたん》としながら、門をくぐって満徳寺に入った。

門を入って左手に、寺役場という建物があった。ここはただの寺ではない。寺社奉行所の出先の役所が付随《ふずい》している。女は寺役場の前の白州《しらす》に土下座して、寺役人から名と出身地を訊かれている。まずは人別を検《あらた》めることが肝要《かんよう》なのだ。

庄田朔太郎とお供の者たちは、寺役人の迎えを受けて役人部屋（と呼ばれる建物）に案内されるはずだったのだが、駆け込み者があったので、寺役人はそちらの対応に追われている。代わりに本堂のほうから、禿頭《とくとう》（坊主頭）の老尼僧が、静々と足を運んできた。

「寺社奉行所大検使殿にござるな。当寺に仕える仏弟子、秀雪尼《しゅうせつに》にござる」

この寺には、住職の尼僧の他、その弟子（という名目のお付きの尼僧）が三人いると耳にしていた。秀雪尼はそのうちの一人であろう。

「庄田朔太郎にござる。わざわざのお出迎え、恐縮至極に存ずる」

朔太郎は低頭した。

四

三国屋徳右衛門は荒川を渡し舟で越えようとしていた。

時刻は夕刻。雨が川面を叩いている。鼠《ねずみ》色の雲が低く垂れ込めて、景色全体を暗く染めていた。

「こんな川を一つ越えるのに、渡し賃が六文もかかるのかね」

ブツブツと文句を言っている。

徳右衛門は生まれながらの商人で、愛想笑いが顔に張りついている。いつでもどこでも、病人の前でも葬式でも笑顔だ。本人は笑いかけているという自覚がないのだが、何十年も商人をやっているうちに、顔つきが笑顔のまま固まってしまった。

その徳右衛門が極めて珍しいことに、顔をしかめさせている。皺《しわ》だらけの顔をさらにクシャクシャにさせていた。

徳右衛門は、お供として手代の喜七だけを連れていた。

「お前と合わせて十二文だよ、まったく」

荒川の流れに揺られつつ、嘆き続ける。江戸一番の札差にして両替商、大名相手の高利貸しでもあり、蔵には千両箱が天井に届くほど積んであるというのに、小銭が惜しくてならぬらしい。

喜七は三十そこそこの若さであったが、小僧（上方でいう丁稚《でっち》）の頃から三国屋に奉公している。徳右衛門の気性は知り尽くしているので、取り立てて驚いてもいない。

その徳右衛門がジロリと鋭い目を向けてきた。

「それで、倉賀野の河岸で転覆した御用船の件は、その後、どうなってるんだい」

喜七は首を横に振った。

「まだ何もわかってはおりませんが」

「まだ何もわかっていない、じゃないよ！　いったいどうなってるんだい！」

だから詳報が入るまで待とうと進言したのに、無理やりに旅支度《たびじたく》を進めて江戸を出てきたのは徳右衛門だ。

喜七は呆れる思いである。

「大旦那様のせっかちにも、困りものですなぁ」

小僧の頃から育ててもらった気安さも手伝ってそうこぼすと、

「なにを言ってるんだい」

徳右衛門はキッと舟の行く手の対岸を睨みつけた。

「商売というものは、寸刻の遅れが命取りなんだよ！　生き馬の目を抜く覚悟がなければ、こっちが生き馬に踏み潰されるんだ」

「それはそうでしょうけれども……」

だからといって、江戸一番の大金持ちが、たった一人の供だけを連れて江戸の外に出る、というのはどうであろうか。何かが起こった時に、自分ひとりでは手に負えない。

三国屋には番頭が何人もいる。現地の調べは番頭に任せておけば良いのに、徳右衛門は「自分の目で確かめる」と言って、人の意見には耳を貸さずに飛び出してきた。

三国屋の商いは、半ば幕府の公務である。「滞らせるわけにはいかない」というのが徳右衛門の考えで、それはもっとも至極なのだが――。

「関八州を仕切っているのは、表向きには御勘定奉行所や関東郡代役所のお役人様でございますが、本当に顔を利かせているのは、博徒の親分衆でございますよ。あまりにも剣呑《けんのん》でございます」

徳川幕府は徹底した〝小さな政府〟で、公儀直轄領の農村部は名主（庄屋）など農民の自治に任せ、街道筋は旅籠《はたご》や馬借《ばしゃく》の顔役を、宿場役人に任じて自治させていた。

盗っ人など小悪党が農村や街道に出没した場合、名主や宿場役人が捕縛をせねばならぬのだが、そのような荒事《あらごと》は百姓や宿場の町人にはこなせない。そこで彼らは関八州に巣くった博徒やヤクザ者の力を借りて、治安の維持をはかるようになった。町奉行所の同心に岡っ引きというヤクザまがいの親分たちが従っているのとまったく同じ構造だ。

関八州の博徒たちは、警察権を発動し、地元の者から頼りにされる一方で、悪事も当然に働いた。自分の縄張りでは役人の手下として働くが、余所《よそ》の土地ではヤクザ者として振る舞う。お上の御用を預かる立場を隠れ蓑にしての悪行三昧《ざんまい》。そんな悪人たちが仕切る土地こそが、徳川幕府の直轄領が広がる、関八州であったのだ。

喜七は顔に不安を覗かせた。

「御用米を載せた船が覆ったことだって、どんな裏があるかわかったものではございませんよ。せめて、用心棒のご浪人様をお連れになったほうがよろしいのではございませぬか。例えば、ほら、あの、衆道《しゅどう》好きの……」

「ああ、衆道好きの水谷《みずたに》様かえ」

衆道好きの、というだけで二人には通じた。二人の記憶の中で、水谷弥五郎《やごろう》と衆道とは、よほどに強い印象で結びつけられているらしい。

「衆道好きにはございますが、ヤットウのお腕前は折り紙付きでございます。次の宿場の蕨《わらび》から飛脚を出しましょう。あのご浪人様なら、きっと、いつでも暇ですから」

「どうして暇だと言い切れるんだい」

「だって、御贔屓《ごひいき》のお役者の由利之丞《ゆりのじょう》ってのが、とんと舞台に上げてもらえない大根役者でございますからね」

売れっ子役者のイロならば、芝居小屋や御贔屓筋に通う役者の用心棒など、忙しく立ち回らなければならないが、役者が暇だとすることはない。

「いつも二人で陰間茶屋《かげまぢゃや》にしけこんでいるのですよ。ですから飛脚の文は、すぐに水谷様のお手許に届くことでしょう」

「それはいいがね、わしが乗る早駕籠《はやかご》の手配はできているのだろうね？」

「へい。万事抜かりなく……」

徳右衛門の頭には、転覆事故の現場に駆けつけることしかないらしい。

喜七は空を見上げた。ますます暗くなってきた。

江戸の近郊でも夜旅は厳禁だ。街道沿いの旅籠も百姓家も戸を閉ざす。いざという時に助けを求めることができない。

次の蕨《わらび》で宿を取るべきなのだが、はたして徳右衛門が「うん」と言うであろうか。

「大旦那様、やっぱり江戸に引き返しましょう。今なら陽があるうちに、板橋《いたばし》の宿に戻れます」

中山道は板橋宿を越えると江戸府内となる。板橋で町駕籠を雇えば日本橋室町の三国屋まで無難に帰ることができた。

「お前も心配性だねぇ。まるで年寄りだ」

徳右衛門には自分が七十過ぎの老人だという自覚がないらしい。気分はまだ壮年だ。実際に働き盛りだと言わんばかりに働いている。

「ですが、大旦那様……」

「案ずることはないよ。ちゃんと手は打ってある」

徳右衛門はニヤニヤと笑った。その笑顔が、喜七の目には不穏に映ってならない。

「いったい、どんな手を打ったのでございますか」

「三国屋にはね、この上もない、強いお味方がついているんだ。そのお味方に御出馬を願えば、恐いものなんかないんだよ。街道筋のヤクザ者たちなど、片手で一捻《ひとひね》りだ」

「へぇ？　そいつは頼り甲斐《がい》のありそうな豪傑《ごうけつ》サマがいらしたものでございますが……」

三国屋に仕えて二十年になる喜七だが、そのような豪傑が店に出入りをするのを見たことがない。

「いったい、どこのどちら様でございますか」

念のために、と思って確かめたが、徳右衛門は「ぐふふ……」と低い声で含み笑いを漏らすばかりだ。なにやらとてつもなく不気味だ。喜七はもうそれ以上は何も言えなくなってしまった。

対岸の船着場が近づいてくる。船頭は櫂《かい》から竿に持ち替えて、桟橋に舟を寄せた。

「さぁ、下りるよ」

徳右衛門が立ち上がる。そのせいで舟が大きく揺れた。

「大旦那様、危ない！」

「もやいを杭《くい》に繋ぐまでは、座っていておくんなせぇ」

喜七と船頭は、すぐにも飛び下りようと逸《はや》る徳右衛門を抑えなければならなかった。

五

卯之吉が同心として勤める南町奉行所は、江戸城内の〝大名小路〟と呼ばれる廓《くるわ》にあった。濠《ほり》と石垣と白亜の城壁で囲まれた一角だ。

江戸城はとてつもなく大きい。大名小路は廓（出丸《でまる》）のひとつに過ぎないが、町奉行所の他にも、大名たちの上《かみ》屋敷がいくつも建てられていた。

本多出雲守の上屋敷は、大名小路からさらにもう一つの濠を隔てて本丸寄りの、〝西ノ丸下〟という廓にあった。濠一本分だけ将軍に近しい立場だ——ということでもある。

卯之吉は大名小路の南町奉行所を出ると、わざわざいったん町人地に入って着替えをしてから、西ノ丸下に向かった。

お供の銀八に薬箱を持たせて、巨大な御門をくぐる。

髪は町人髷に結って、ヒョコヒョコと歩く姿はどこから見ても町人そのもの。町奉行所の同心には見えない。御門の番をする武士たちも、卯之吉のことを、本多出雲守家に出入りを許された町医者だと信じきっている様子であった。

本多家の屋敷に入ると、すぐに奥座敷へと通された。

本多家の家臣たちからは下にも置かぬ扱いを受けている。家宰《かさい》を勤める老臣がすっ飛んできて、中奥御殿の書院の一つに卯之吉を引き込んだ。広い座敷の真ん中あたりに、小柄な老臣と卯之吉がチョコンと向かい合わせに座る。銀八は廊下で正座して待つ。

「御前《ごぜん》は昨今、たいそう御気色《みけしき》がよろしい」

この御前とは、本多出雲守のことを差している。

「今朝は夜具の汚れもなく、朝粥《あさがゆ》を三杯も召し上がられた」

「ほうほう。それは良ぅございました」

卯之吉はほんのりと微笑した。

時の筆頭老中、本多出雲守は、〝よう〟という悪性の皮膚病を患っていた。重篤化すると患部の膿《うみ》が血液と一緒に全身を巡り始める。ついには敗血症を併発し、死に至ることすらあるという病《やまい》だ。

「寝間着は汚れていなかったのですね」

卯之吉は確かめた。

出雲守の患部は尻にある。

「膿や出血が止まったのでしたら、完治はもう間もなくでしょう」

ヘラヘラと笑顔で言った。ただ単に、何も考えずに笑っているだけなのだが、家宰には、名医の余裕だと感じられたようだ。

「さすがは御前が腕を見込まれた蘭方医にござるな。恐れ入った」

「いえいえ。あたしなんぞは、ただの放蕩者ですよ」

この家宰は天下の老中の懐《ふところがたな》刀だ。時には本多出雲守に代わって、政策案を出すこともある。

そんな大人物を相手に余裕の笑みを浮かべつつ、腹の中では（お茶は出てこないのですかね?）などと考えている。卯之吉ならではの非常識だが、確かにこの物腰は、一介の町方同心のものではなかった。

「そなたの療治のお陰だ。このとおり、わしからも礼を申す」

家宰は白髪頭を下げた。

家宰にとって本多出雲守の病状は最大の懸案だったのだ。万が一、出雲守が病没することになれば、家宰は幕政から離れなければならない。卯之吉が病を治したことで、本多出雲守とその家来たちは、まだしばらくの栄華を満喫できそうであった。


「いえいえ。それほどのことは」

卯之吉は家宰の白髪頭に向かって片手を振った。

（お茶が出てこないなら、もういいや）

と思って腰を浮かせた。

「それではさっそく、出雲守様のお尻を眺めて参りますので」

「頼み申す」

家宰はもう一度頭を下げた。

卯之吉は銀八を連れて、老中御殿の広くて長い廊下を進んだ。

「やれやれ。頭を下げられちゃったよ」

卯之吉が（肩が凝った）と言わんばかりに首を振りながら言った。

「これだから医者というのは嫌だ。治せなかったら申し訳ないし、治したら治したで、いたたまれない。なんだか悪い事をしちまったような気分になるよ」

っぱりわからない。

「なんでげすかね？」

病気を治して感謝されることの、どこがそんなに後ろめたいのか。銀八にはさっぱりわからない。

卯之吉は、

「あたしみたいな放蕩者が、他人様《ひと》から頭を下げられたりしたら罰が当たるよ」

と、真顔で答えた。


いったい何十畳の広さがあるのか、とんでもない広間の真ん中に布団が敷かれて、尻を丸出しにした本多出雲守がうつ伏せになっていた。

「ああ、だいぶ綺麗になりましたね。見違えるようです」

卯之吉は、ガマガエルのように肥えた老中の尻を見て、ウットリと微笑《ほほえ》んだ。

自分の仕事に満足している時の笑顔だ。

薄暗い広間で、老人の尻を眺めて微笑んでいる、というのは不気味な光景である。「役者のように美しい」と評される美貌の持ち主だけに尚更《なおさら》だ。銀八は身震いしながら目を背《そむ》けた。

「あとは、湯治にでも行っていただければ、よろしいのですがねぇ」

卯之吉は出雲守の尻を触診しながら言った。

「馬鹿を申すな。わしは筆頭老中じゃぞ。江戸を離れて遊ぶ暇などないわ」

「遊山《ゆさん》に行くのではございませぬよ。あくまで治療の一環。あたしも同行いたしますから、ご案じなさることはございませんよ」

「などと申して、そのほうが温泉芸者と戯れたいだけであろうが！」

老中にまでしっかりと気性を見抜かれている。

本多出雲守はうつ伏せのまま、苦しそうに首を振った。

「……徳右衛門に頼まれた一件、叶《かな》えてやっても良いものかどうか。悩ましいわい」

「おや」と卯之吉は顔を向けた。

「あたしの祖父から、何を頼まれましたかね？」

老中に向かって遠慮もなく訊ねる。

「そのほうのことじゃ」

「あたしの？」

出雲守は短い首をよじって卯之吉に目を向けた。

「そのほうを、再び隠密廻同心にしてくれるようにと、徳右衛門めが頼んでまいったのじゃ」

「あたしを隠密廻に」

卯之吉が咄嗟《とっさ》に考えたのは（これで江戸の外に出られる）ということであった。

町奉行所の同心は、役目柄、墨引の外に踏み出すことはできない。そもそも士分は、出仕するように定められた場所からは離れられない。この士分とは武士だけでなく、足軽や中間、武家奉公の小者も含まれる。一生に一度も江戸の外に出たことがない、という士分も珍しくはなかった。

放蕩者の卯之吉にとっては、それが窮屈でならない。噂に聞く諸国の遊里や景勝地などを見て回り、羽を伸ばしたくて仕方がなかったのである。

隠密廻同心という役目だけは、町奉行所の同心でありながら、江戸の外へ、全国どこへでも、赴くことができるのだ。

（さすがはお祖父《じい》様。あたしの気性を良く御存知ですね）

卯之吉は白い歯を見せてパッと笑った。

「なにを笑っておる」

「長崎や唐津《からつ》、博多《はかた》に下関《しものせき》。京《きよう》や大坂。北前船《きたまえぶね》の通り道にも美味《おい》しいものが多いと聞きますねぇ。いっそのこと松前《まつまえ》まで足を伸ばすといたしましょうかねぇ。仙台《せんだい》公の御城下は、江戸に負けない賑々《にぎにぎ》しさだと耳にしましたよ。ああ、もちろん、名古屋《なごや》を忘れてはいけませんねぇ。名古屋と言えば熱田《あつた》の宮。七里ノ渡しから舟で伊勢《いせ》の桑名《くわな》まで。名物の焼き蛤《はまぐり》を堪能《たんのう》しながらお伊勢参りと洒落《しゃれ》こみましょうかねぇ」

「だから、なにを申しておるのだ。薄気味の悪い笑みなど浮かべおって」

「はい？……ええと、もちろん、隠密廻の探索地を思案していたのでございますよ。全国の至る所に悪党が潜んでおりますからねぇ。席の暖まる暇もございませんせん」

「ええい、黙れ」

卯之吉の気性を察している出雲守は、ピシャリと卯之吉の無駄口を遮った。

「倉賀野の河岸で、御蔵米を満載した船が覆ったことは、存じておろうな？」

「はい？」

卯之吉は目を丸くして、次に首を傾《かし》げた。

「そのような話は、とんと耳に入っておりませんねぇ。あたしは町奉行所の同心でございますから、江戸の外で起こった騒動は、役儀の外にございます」

「同心としては関わりがなくとも、三国屋にとっては、関わりが大いにあるであろうが！」

「はぁ……」

「公儀御領地からの年貢米が水没したとあっては一大事じゃ！　徳右衛門は早速に江戸を発《た》った」

「たいした働き者ですねぇ」

「あの勤勉ぶりを、貴様に半分、分けてやりたいわ」

「滅相もない。祖父の半分も働いたら、あたしの身が持ちませんよ。疲れが溜まって死んでしまいます」

「そうであろう。そうであろうからな、わしは徳右衛門の願いを聞き届けることを躊躇《ためら》っておる」

「と、仰《おつしや》いますと？」

「徳右衛門は、そなたの腕を見込んで、加勢を頼むと申してまいったのだ」

「あたしが祖父の加勢ですって？」

「だが、やめておこう。そなたを隠密廻同心に任じようものなら、そなたは廻国《かいこく》の疲れで死んでしまうであろうからな」

卯之吉は「アッ」と叫んだ。

「そんなことはございませんよ出雲守様。手前はいたって丈夫。健脚にございます。どんな遠くの町へでも、辛苦を厭《いと》わずに駆けつけまする」

ただし、そこが遊里であるのなら、という話だ。

出雲守は疑わしそうに卯之吉を見た。卯之吉はニコニコと微笑んで、

「万事、あたしにお任せくださいまし」

と、自分の胸を叩いた。

出雲守は苦々しげな顔で続けた。

「徳右衛門は、今回の騒動の裏を探ろうとしておるのであろう。かの者の勘では、ただの事故だとは思えぬらしい。裏で悪事を企んでおる者がいるのではないかと考えておるようだ」

「はぁ、左様で。手前の祖父がそう言うのなら、きっとそうなのでございましょうねぇ。いい加減な物言いをする人ではございませんから」

「その探索にあたって、そなたの力を借りたいと申してまいったのだ」

出雲守は卯之吉の顔をまじまじと覗きこんできた。

「徳右衛門めは、そなたのことを、江戸一番の辣腕《らつわん》同心だ、などと申しておった

ぞ」

卯之吉は、老中の御前をも憚《はばか》らずカラカラと笑った。

「まさか！　あたしはてんで役立たずの放蕩者にございますよ！」

「まったくだ。商人として役に立たず、商家の跡取りとしても相応しくないそなたを、無理やり南町奉行所に押し込んできたのは徳右衛門だ。このわしが手を貸してやった」

「三国屋の金に目がくらんだのでございますね？」

「黙れ。それゆえわしも、徳右衛門も、そなたの本性を知り尽くしておる」

「あたしもお仲間に入れてくださいましよ。あたし自身が一番、己の本性を存じておりますからねぇ。……それにしても、どうしてお江戸の皆様方は、あたしのような者のことを、南北町奉行所一の辣腕同心だとか、江戸で五指に数えられる剣客だとか、そんなふうに思い違いをなさっておられるのですかね？　もしかしてご老中様が、御公儀のお力を使って、そんな噂を流しましたかね？」

「知らぬ」

出雲守は話を戻した。

「徳右衛門には金子《きんす》のことで世話になっておるゆえ、無下《むげ》に頼みを断ることもできぬ。わしが町奉行所に命じれば、そなたを隠密廻同心に任じることもできよう。だがなぁ。そなたを公領に送ったところで、なんの役にも立つまいからなぁ」

露骨に、心底から、疑わしそうな顔つきだ。

「大丈夫にございますよ」

「そうかなぁ」

「あたしには、ほら、大枚《たいまい》の金子がございますから。金さえあれば、できぬことなど、この世に一つもないも同然でございますよ」

「そこまで申すか！」

さしもの老中も呆れ顔だ。

「だが、その物言いには、一理がなくもない」

その時、廊下に控えていた銀八が、

「一理どころか、九里四里美味《くりよりうま》い十三里にございますよ！」

と、唐突《とうとつ》に叫んだ。

主の卯之吉と、出雲守との間が気まずくなっているのでは、と案じて、場をほぐそうとしたのだ。銀八なりに。

卯之吉も出雲守も、チラッと一瞥《いちべつ》しただけで話を元に戻した。

「ともかくでございます。祖父の徳右衛門が公領に参じたのでございますなら、孫であるこのあたしが駆けつけないわけにも参りませぬよ。ささ、手前に隠密廻同心をお命じくださいませ。何でしたら、ここにも賂《まいない》の金子がございます」

たまたま袂《たもと》に入れてあった包金《つつみがね》の二十五両を、出雲守の前に進めた。

「なにゆえそんな大金を持っておるのだ」

「いえ、別に。なんというわけもございませぬが。ちょっと小銭が入り用になった時に備えているだけにございます」

別に冗談を言っているわけではない。卯之吉は本気だ。

「まぁ、よいわ」

出雲守は包金をサッと取って自分の袂に入れた。

賄賂《わいろ》を受け取ったならば、必ず便宜《べんぎ》を図《はか》ってやる――というのが、江戸の権力者の約束ごとだ。

「左様なれば、南町の奉行に命じておく」

「ハハッ。有り難き幸せ」

卯之吉は居住まいを改め、畳に両手をついて平伏した。

「早速、江戸を離れる支度をいたしまする」

「うむ。精を出して働け」

出雲守の見るところ、卯之吉本人はてんで役に立たないが、それなりに気の利いた手下を抱えているようでもある。

（徳右衛門に任せておけば大過《たいか》はあるまい）

そのように、軽く考えていた。

六

満徳寺の山門をくぐると、中門（二ノ門）へ続く参道が真っ直ぐに伸びている。

二ノ門をくぐると、今度は豪勢な造作の庭が視界いっぱいに広がった。瓢簞《ひょうたん》形《がた》の池には蓮《はす》が植えられ、金魚が放たれ、瓢簞の括《くび》れの部分には朱塗りの太鼓橋《たいこばし》が掛けられてあった。

雪見灯籠《どうろう》なども置かれた、贅《ぜい》の尽くされた庭の向こうに、本堂の建物がある。

本尊は阿弥陀如来《あみだにょらい》だ。時宗は鎌倉新仏教、踊り念仏で知られた一遍《いっぺん》を開祖とする宗派だ。ひたすらに「南無阿弥陀仏」を称名念仏することで知られていた。

本尊を安置した本堂の北には東照宮《とうしょうぐう》が鎮座《ちんざ》している。徳川家初代将軍、家康の霊を祀《まつ》った神社だ。神仏混交が当たり前の時代である。

本堂の横（南側）には広間があった。この広間は床ノ間のある書院造りで、実は本堂よりも二倍近く広い。この広間だけを見れば、とてものこと、田舎の尼寺だとは思うまい。まるで江戸城の御殿を思わせる豪華さなのだ。

広間の床ノ間を背にして、一人の尼僧が座していた。落飾《らくしょく》しているが、それでも衰えぬ色香を感じさせる。それもそのはず。この住職は、元は江戸城大奥の御中﨟《おちゅうろう》様で、かつては上様のご寵愛《ちょうあい》を受けた女人《にょにん》であったのだ。

ちなみに禿頭を帽子《もうす》（頭を隠す布）で覆うのは、禅宗の尼僧であって、時宗の尼僧は使用しない。

「寺社奉行所大検使、庄田朔太郎にございまする」

庄田朔太郎は遥《はる》か下座に遜《へりくだ》って平伏した。相手は上様の〝お手つき中﨟〟で、今は御位牌所の住職だ。身分が違う。

住職はわずかに顎を引いて頷《うなず》いた。

「遠路遥々《はるばる》と大儀でござった。妾《わらわ》が住職の梅白尼《ばいはくに》じゃ」

その声色《こわいろ》までやたらと艶《なまめ》かしかった。

満徳寺の歴代住職は、法名に白の字がつくことが多い。

この尼僧、おそらく〝梅〟が俗名で、お梅《うめ》というのだと思われる。

「お手をお上げなされ」

言われて顔を少し上げると、梅白尼は妖艶にニマッと笑った。

徳川家御位牌所の住職に就任したといえば聞こえはいいが、要するに、大奥を追い出された——ということでもある。それなりの年嵩《としかさ》であろうに、いっこうに容色の衰えが感じられない。

朔太郎は（これは色気の化け物だな）と思った。

大公儀の実態を良く知る朔太郎の目には、江戸城御殿は化け物の巣窟《そうくつ》——伏魔殿《ふくまでん》に見える。権勢欲の化け物や出世欲の化け物などが蠢《うごめ》いている。それらの化け物どもは本当に、人とは思えぬ振る舞いをする。

（男の化け物が表御殿に巣くっているなら、女の化け物が大奥御殿に巣くっていても不思議はねぇや）

などと腹の内で考えた。

そんな思いはけぶりも見せずにあくまで恭謙《きょうけん》を装う。

「梅白尼様におかれましてはご機嫌うるわしゅう。恐悦至極《きょうえつしごく》に存じあげ奉ります」

二人は時候の挨拶を交わし、続いて、江戸の様子などを語り合った。大奥の中蕩といえば聞こえは良いが、その実は、江戸の商家の娘などが、美貌を見込まれて大奥に上がった、というだけの話だ。梅白尼は江戸の話題を喜んだ。

庄田朔太郎は江戸の遊び人でもある。江戸っ子と町娘がお喋りをしているようなものだから、話は弾むに決まっている。

「まこと、話上手な大検使殿じゃ」

梅白尼は「ほほほ」と笑った。

「このように楽しく笑ったは、久方ぶりのことぞ」

「手前の如き者の軽口にお褒《ほ》めのお言葉を賜《たまわ》り、恐れ入り奉りまする」

「うむ。満悦至極、と頷きたいところなれど……」

梅白尼は、急に、何かを思い出した顔つきで、表情を曇らせた。

「当寺はいささかの難事を抱えておっての。それを思うと、面白おかしく笑ってばかりもおられぬ」

「これは気の利かぬことでございました。無駄口で大事なお話を遮り――」

「かまわぬ。さて、大検使殿、そこもとにご足労を願った子細についてじゃが」

「謹《つつし》んで拝聴仕《つかまつ》ります」

「着いて早々に見たであろう」

ものいいたげな目で梅白尼が朔太郎の顔を覗きこんできた。朔太郎は即座に、

(駆け込み者のことだな)

と推察した。

「報せによりますれば、昨今、駆け込み者が増えておる、との由《よし》、承っておりまする」

「いかにもじゃ。いささか持て余しておる」

庄田朔太郎はわずかに首を傾げた。

「なれど……。貴寺におかれましては、か弱き女人を庇護《ひご》することが、お勤めかと存じまするが」

梅白尼はその美貌をわずかにしかめた。

「人数にもよる」

「と、仰いますと……。それほどに数多《あまた》の女人が押しかけて参るのでございましょうか？」

梅白尼は数珠《じゅず》を挟んだ指を、数珠ごと窓のほうに向けた。何があるのか、と思った朔太郎も窓に目を向けた。

梅白尼は言った。

「近在の旅籠を見て参れ。詳しい話はそれからのことといたそうぞ」

梅白尼は「念仏を唱える刻限じゃ」と言って、立ち上がり、出て行った。

第三章　夜の嵐

一

「弥五さん、待っておくれよぉ」

街道を遥《はる》かに遅れて、派手な振り袖姿の若衆《わかしゅ》役者がわめいている。浪人剣客の水谷弥五郎は、頭に被《かぶ》った破れ笠に手をやりながら振り返った。

「そなたまで行く必要はない。江戸で待っておれ」

怒鳴り返すが、若衆役者の由利之丞は、聞き分けもなく走ってきた。

板橋宿の手前。小石川《こいしかわ》の薬園を右手に見ながら中山道が延びている。

雨はひっきりなしに降り続く。水谷は笠を被り、ボロボロに古びた蓑《みの》を着けていたが、由利之丞は蛇《じゃ》の目《め》傘で雨を防いでいた。走りづらいことこの上もなさそうだ。

「そなたが駆けつけても、役に立つことなど何もないぞ。危ない目に遭わされるだけだ」

弥五郎は由利之丞を諭《さと》して、塒《ねぐら》にしている陰間茶屋《かげまぢゃや》に追い返そうとした。

由利之丞は、息を弾ませながら首を横に振った。

「そうは言うけど三国屋さんのお指図だろ。三国屋さんをオイラの御贔屓《ごひいき》にできる好機じゃないか。これを逃す役者はいないよ」

「阿呆か」

水谷は呆れた。

「三国屋の徳右衛門は、間違っても、役者に入れ揚げて祝儀を弾むような男ではない」

由利之丞は江戸歌舞伎、市村《いちむら》座の役者だが、まったく芽が出ず、収入は陰間茶屋（同性愛者を相手に接客する料亭）で稼いでいる。そんな境遇から早く脱したいと焦っていて、金持ちと見れば見境なく、媚《こび》を売ろうとするのであった。

だが、相手が悪い。

「徳右衛門は江戸一番の豪商だが、江戸一番の吝嗇《りんしょく》家でもある。役者などには鐚一文《びたいちもん》たりとも出すものではないのだ」

水谷弥五郎は商家の用心棒としても働いている。三国屋に雇われたこともあったのだが、徳右衛門の銭の出し惜しみにはずいぶんと泣かされた。

「そなたの期待するようなことにはならぬ。帰ったが良い」

衷心《ちゆうしん》よりそう言ったのだが、由利之丞は訊《き》く耳を持たなかった。

「そんなの、どうだかわからないよ。オイラは無粋《ぶすい》な浪人様とは違うからね。お大尽《だいじん》様に愛想を振りまく玄人《くろうと》さ。まぁ見ててご覧よ。三国屋の大旦那をオイラの掌《たなごころ》で転がしてさ、弥五さんの分まで小遣い銭をせしめて見せるからさ」

いったいどうしてこうまで自信たっぷりなのか。水谷には理解できない。

もっとも、己を鼻に掛けることの甚《はなは》だしい者だけが、役者などを志すわけで、これもまた役者の性《さが》なのかも知れない、と、水谷は考えた。

「それにさ、弥五さん。喜七さんから支度金の為替《かわせ》も届けられたんだろう？」

三国屋の手代の喜七は、水谷弥五郎が赤貧の浪人だということを知っている。だから旅費を為替にして送り届けて来たのだ。さすがは三国屋のお店者《たなもの》らしい気配りであった。あるいは、前金を渡しておかないと用心棒を断わられると思ったのかも知れないが。

由利之丞は上目づかいにすり寄ってきた。

「板橋宿の問屋場《といやば》で為替を銭に換えてさ、とりあえずなにか美味《うま》い物でも食おうよ」

「そんな魂胆《こんたん》でついてきたのか」

二人とも、このところろくな仕事にありついていない。二人揃って空《す》きっ腹《ぱら》を抱えていた。

「ねぇ、頼むよ、弥五さぁん」

甘ったるい声で頼まれると、そこは若衆好きの水谷だ。たちまちコンニャクのようにフニャフニャになってしまう。

「ああ、わかった、わかった。美味い物を食わせてやる。だから、食ったら陰間茶屋に戻るのだぞ」

などと言いながら連れ立って、板橋宿へと向かった。

翌朝。朝四ツ（午前十時ごろ）に出仕した卯之吉は、すぐに外に出てきた。

同心たちが出入りする上がり框《かまち》の横には小部屋があって、町奉行所の小者が控えている。卯之吉が出てくると、すかさず「八巻様ッ」と声を放って、外で待つお供の者に報《しら》せる。

町奉行所の門の脇には、同心の小者が控える小屋がある。銀八は「へいへい」と答えて、卯之吉の雪駄《せった》を携えながら框に向かった。

「へい。おまちどうさま」

沓脱《くつぬ》ぎ石に雪駄を揃える。卯之吉は銀八の肩に片手を置いて、身体《からだ》を支えながら雪駄に足を下ろし、足の指に鼻緒を通した。

江戸で五指に数えられる剣豪とやらには見えぬ姿だ。上がり框番の小者は、何度も首を傾《かし》げた。江戸の町人たちが八巻同心を褒《ほ》めそやす理由が、まったく理解できないのであった。

卯之吉が頼りない足どりで外に出て、門に向かっていると、その耳門《じもん》をくぐって一人の俠客がすっ飛んできた。

「一ノ子分の三右衛門がやってめぇりやした！」

腰を屈《かが》めて頭を下げる。それを見ていた小者は、再び首を傾げた。

荒海ノ三右衛門といえば、町方役人たちですら、内心、気後《きおく》れしそうな相手である。武闘派で知られた大親分だ。いったん頭に血が上ったら、大身《たいしん》旗本だろうと大名家だろうと、見境なく喧嘩を挑むという悪評の高い男であった。

そんな侠客がなにゆえか、八巻同心にだけは心服している。腰を屈めて恐縮しきった顔つきなのだ。

「オイラも南町に勤めて長《なげ》ぇが、あの同心様だけは、さっぱりわからねぇ」

小者はそう独白した。

三右衛門は不敵なツラ構えに似合わぬ愛想笑いを浮かべて卯之吉を見上げた。

「これから町廻りでござんすかえ？　それとも捕り物で？　どこへなりともお供いたしやすぜ」

卯之吉と一緒であれば、地獄の一丁目へでもついていく覚悟なのだ。

卯之吉は首を横に振った。

「どっちでもないよ。強いて行き先を言うとすると、そうだねぇ、上州と武州《ぶしゅう》の国境のあたりかねぇ」

三右衛門は首を傾げた。

「ずいぶんと遠出でござんすな」

「うん。またしてもね、隠密廻同心を拝命したのでねぇ」

「おおっ！」

三右衛門は我がことのように喜んだ。

「旦那の大活躍は、小さな江戸なんかじゃ収まりがつかねぇってこってすな！　天下を股に掛けたご活躍こそ相応《ふさわ》しいと、あっしも常々思ってたところでございまさぁ！　お奉行様も、あっしと同じ考えだったのに違《ちげ》ぇねぇ！」

「それはどうだかわからないけれども……」

いつもながらの三右衛門に、卯之吉は、

（この親分さんは、どうしてこんなにあたしのことを、買いかぶっていらっしゃるんでしょうねぇ？）

と不思議に思いつつ、続けた。

「なんでもね。倉賀野の辺りの河岸で、御蔵米を載せた川船がひっくり返っちまったらしいのさ」

「そいつぁ一大事だ」

三右衛門は口先だけではなく、本気で驚いている。

三右衛門は米を神聖視している。この時代の人間ならば当然だ。米を金銭だと思っている徳右衛門や、食べ物を有り難いものだと思っていない卯之吉のほうが異常なのだ。

「それでまぁ……あたしのおじい……じゃなかった」

三右衛門はまだ、卯之吉が三国屋の放蕩《ほうとう》息子だということに気づいていない。

（とんと鼻の利かぬ親分さんですね）

卯之吉は内心可笑《おか》しく思いながらも、己の素性を隠し続けることも〝遊び〟の一つだ、ぐらいのつもりで続けた。

「札差の三国屋徳右衛門が、彼《か》の地に向かったらしいのさ」

「へぇ。あの業突張《ごうつくば》りの爺《じじ》ィが」

「年貢米を商っているからねぇ。老骨に鞭打って大変なもんだ。あたしもねぇ、三国屋には付け届けなどで世話になってる」

「なるほど、話は呑み込めやした」

三右衛門は極端にせっかちだ。

「三国屋が、旦那に救いを求めてきたってことですな！」

「えっ、うん、まぁ、そんなような話」

「合点承知だ！　あっしに任せといておくんなせぇ！」

「任せとけって、なにを？」

「街道筋にゃあ、盃を交わした兄弟分が山ほどおりやすぜ！　そいつらに回状を送って、旦那の手助けをするように言い付けまさぁ！」

　そう言うと、身を翻《ひるがえ》して走り去った。

「本当にせっかちだね、荒海の親分さんは」

　卯之吉は茫然《ぼうぜん》として見送った。それからノロノロとした足どりで八丁堀の同心組屋敷にまで戻った。途中、ちょっと甘味屋に寄り道をして、一休みをした。

　卯之吉が自宅の戸口をくぐった頃には、三右衛門の回状を懐にして、荒海一家の若い者が韋駄天《いだてん》のように走り出し、本郷《ほんごう》にある加賀前田《まえだ》家の屋敷の前を通りすぎ、板橋宿を目指していた。

二

　三国屋徳右衛門を乗せた駕籠《かご》は中山道を走り続けた。

　駕籠は通常、一丁を二人で担ぐ。ところが早駕籠は、駕籠の棒を前後二人で担ぐところまでは同じだが、先棒には縄が括《くく》りつけられ、その縄を引っ張って走る者と、後棒を後ろから押しながら走る者とがつく。二人分の推進力がよけいについて、駕籠は素早く前進できる、というわけだ。もちろんこの四人は交替しながら駕籠を担いだ。

ただの駕籠よりは遥かに早く進むことができたのだが、それでも長雨でぬかるんだ道では思うに任せない。

徳右衛門は駕籠の中に下げられた紐《ひも》にしがみついている。齢《よわい》七十を超える老体だが、いっこうに、音をあげようとはしなかった。

「おい、この道は、さっきも通ったんじゃないかね!」

舌を噛みそうになりながら叫んだ。

「何を言ってやすかい」

顔を真っ赤にさせた駕籠かきが、息を弾ませながら答えた。

「こっちもこれが商売だ。道を間違えたりはしねぇですぜ」

とは言うものの、実は喜七に頼まれて、わざと遠回りをして、同じ街道に戻ってきたところであったのだ。

喜七は駕籠の脇を走っている。

(まったく目敏《めざと》い大旦那様だ)

目も達者なら頭も耄碌《もうろく》していない。三国屋はしばらく安泰だ、と喜ぶべきところなのだが、喜んでばかりもいられなかった。

（このままだと手前どもだけが、先に倉賀野に着いてしまう）

わざと遠回りを頼んだのは、水谷の到着を待つためだった。

（早駕籠に乗せれば、すぐにも音をあげると思ったのに）

老体に早駕籠は堪《こた》える。自分から駕籠を降りると言い出して、疲れを癒すため宿場に長逗留《ながとうりゅう》するはずだと喜七は見込んでいたのだが、ところが徳右衛門は、そのようなヤワな男ではなかった。

商いにかける執念は、さながら、吉原に向かう卯之吉の如くである。執着の対象が違うだけで、実はこの二人、案外似たもの同士なのかも知れなかった。

（いずれにしてもまずいですよ）

なにか口実を設けて、次の宿場で足止めをさせなければならない。水谷弥五郎を待つことだけが理由ではない。気丈に見えてもやはり老体。無理な長旅を続けさせるわけにはいかなかった。

その口実を考えていたその時であった。

「と、止まれッ」

先頭を走って、綱を引いていた男が叫んだ。棒を担いだ二人が、

「どうしたいっ」

慌てて足を止めた。

「あわわっ」

駕籠の中で徳右衛門がつんのめる。慌てて紐にしがみついた。

「な、なんだねッ」

徳右衛門は駕籠の脇から顔を出した。駕籠かきたちに目を向ける。

「どうしたんだ。早くやっとくれ。こっちは急いでるんだ」

駕籠かきたちは動かない。目を見開いて、街道の先を見ている。

喜七も駕籠に駆け寄った。

「どうしたんです?」

訊ねると、先棒担ぎ(駕籠の前棒を担ぐ男)が指で前を差し示した。

「神憑《かみつ》き様が練り歩いていやがる」

「なんだって」

喜七は目を凝らした。雨で煙った街道の先に、大勢の集団が見えた。

「なんだいあれは。御神輿《おみこし》かい」

状況がよく飲みこめず、軽い口調で訊ねた喜七だが、答える駕籠かきの顔は引きつっていた。

「確かに御神輿だがよ、乗っているのは生き神さまだよ」

「なんだって？　生き神様？　そんな馬鹿な話があるかい」

「オイラも馬鹿な話だと思うがね、だけどよ、担ぎ上げているほうは本気だぜ」

「お上はなんて言ってるんだ。なんだって、そんなものを野放しにしている。キリシタンだったらどうするんだ」

「お上が何を考えていなさるのかなんて、俺たち駕籠かきにわかりっこねぇだろう。それにこの辺りは、ご領主様がいろいろこんがらがってる。あっちの村はお旗本様の御領地だが、あの森から先は彦根《ひこね》の井伊《いい》様の御領地だ。ほかにも白河《しらかわ》様だの、尾張《おわり》様なんかの飛び地が、至る所にあるんだ」

「なるほど、お上の手が伸びてくるってぇと、余所《よそ》様の御領地に逃げ込むってわけかい」

　公儀の役人といえども、大名家の領内に踏み込んで詮議《せんぎ》することはできない。

「それにだ。祭だと言われたら文句は言えねぇ。江戸でだって祭の日には神輿や山車《だし》が練り歩くだろ」

「そりゃそうだ」

「そんな話はどうでもいい」

徳右衛門が叫んだ。

「先を急いでおくれ！」

駕籠かきは、お先棒担ぎより、後棒のほうが親方である。後棒が顔をしかめつつ、徳右衛門に答えた。

「生き神様を担いで回ってるような連中に行き会っちまったのが運の尽きだ。行列に分け入ったりしたら、なにをされるかわからねぇ。行列が行っちまうまでは動けやせんぜ」

「なんだって！　冗談じゃない！」

喜七は、これ幸いと、二人の間に割って入った。

「大旦那様。親方の言うとおりにございますよ。郷にいれば郷に従えの謂《い》いもございます。親方のお指図に従いましょう」

何か言い返そうとした徳右衛門の身体を駕籠の中に押し戻して、

「さっき通りすぎた宿場に戻っておくんなさい。雨も避けなくちゃいけないからね」

そう言って、駕籠に回頭を促した。

徳川郷にも百姓たちが住み暮らしている。当然に集落があった。

この時代、田舎の百姓たちは、農業の他に職工や商人を兼業している者が多かった。士は別格としても、農工商の区別や身分差はまったく無かったと言って良い。村の宿（街道沿いの集落）では、百姓仕事の片手間に、商店や旅籠《はたご》などが営まれていた。

満徳寺の宗派は時宗である。時宗は遊行僧《ゆぎょうそう》の宗派だ。遊行する僧がやって来たなら食事と寝床を提供する。

満徳寺の寺領には、寺役宿《てらやくやど》と呼ばれる旅籠があって、遊行僧たちを馳走《ちそう》する役目を負っていた。

のであるが、

「ご覧のような有り様で、駆け込み者の女人《にょにん》でいっぱいでございます」

寺役宿の親仁《おやじ》（主人）が庄田朔太郎に頭を下げた。

朔太郎は宿の有り様に驚いている。

（確かに、異様な数の駆け込み者だな）

旅籠の窓障子が開いていたのだが、座敷の中には五人ほどの女が、不貞腐《ふてくさ》れた態度で座ったり、ざこ寝をしたりしていた。

親仁は切なそうな顔を朔太郎に向けた。

「この宿と、平塚河岸には、合わせて五軒の寺役宿がございますが、どこも似たような有り様でして……。手前もこれが役目でございますから、女たちに食事も出しておりまするが、お寺からの下賜金《かしきん》もそう多くはなく、足りない分は自腹でございまして……」

「公儀のお役を手伝う百姓には、年貢の宥免《ゆうめん》があろう」

親仁は目をつぶって首を横に振った。

「とてもそれだけでは……。ただでさえこの辺りは、大水の害が多ぅございますので」

利根川は、ちょっとした雨が降っただけで氾濫《はんらん》する。

「川砂が田圃《たんぼ》に流れこんで参りますと、稲は育ちませぬ」

根本的に農耕には適さぬ土地柄なのだ。

「それなのに、豊かな村の女たちが、駆け込み寺に我《わ》が儘《まま》を言い立てるために押し寄せてきて、手前どもの米を食い尽くすのでございますから……」

親仁の愚痴《ぐち》は、思わず漏れた本音であったろうが、公儀の役人としては聞き捨てならない。

「女たちは、お上の慈悲《じひ》を頼りとして、助けを求めて参った者たちじゃ。悪《あ》し様《ざま》に申すことは、お上を誇《そし》るに等しいぞ」

「こっ、これは……口が滑りまして……」

親仁は顔を赤くしたり、青くしたりした。

朔太郎は親仁から目を背《そむ》けた。親仁の物言いも正論なのだ。

(これも、公儀の 政《まつりごと》 に手落ちがあるからなのか?)

治世の歪《ひず》みが、こういう形で現われているのか。寺役宿に溢れんばかりの女たちを見て、朔太郎は陰鬱《いんうつ》な心地《ここち》となった。

(梅白尼様が『見て参れ』と命じたのは、このことか)

なるほど確かに、見過ごしにはできない光景である。

この有り様に危機感を覚えた梅白尼は、江戸に急を告げたのであろう。

(まんざら色気の化け物でもない、ということだな。頭は切れる。物も見えておる。……うむ。上様のご機嫌を取り結ぶことの叶わぬ女人に、大奥勤めはできぬのだから当然か)

大奥はご機嫌取りの玄人集団だ。頭の回転が早くなければ、胡麻《ごま》すりすらできない。それが人間だ。媚を売るにも知能が必要なのである。

（梅白尼様を甘く見ることはできぬようだ。味方につけておかねばならぬ）

と、それはさておき、

（それで、いったい、公領で何が起こっているのか……）

などと思案したその時であった。

「おやぁ？　そこにいなさるのは、朔太郎さんじゃございませんかえ」

素《す》っ頓狂《とんきよう》な声が、河岸のほうから聞こえてきた。

朔太郎は驚いて目を向けた。

「手前《てめ》ぇは、卯之さん……」

一瞬、寺社奉行所大検使の物腰も忘れて、遊び人の本性に戻ってしまった。それほどまでに驚いたのだ。

卯之吉がニコニコと微笑んでいる。色白の肌に細面《ほそおもて》。関八州の農村では絶対に見かけない人相風体《ふうてい》であった。

「卯之さんは、なんだってここにいるんだい」

卯之吉は何がそんなに愉快なのか、エヘラエヘラと笑いながら答えた。

「船で利根川を上ってきたのですがねぇ」

「船で、だと？」

「へい、そりゃあもう」

勢い込んで横から答えたのは銀八だ。

「四丁櫓《ろ》の早船《はやぶね》に帆を張りやしてね、四人の船頭が威勢よく櫓を漕ぐだけでも、てぇした速さだってのに、帆に南風を受けやして、梅雨時には珍しい強風だってんでもう、飛ぶような勢いだったでげすよ！」

幇間《ほうかん》ならではの大袈裟《おおげさ》な物言いを、話半分として聞いたとしても、

「四丁櫓の早船たぁ、高くついたこったろう」

寺社奉行所の大検使でも、そんな船には乗ったことがない。

卯之吉はシレッとして答えた。

「たいしたことはございませんよ。屋形船を仕立てるよりは、ずっと安くつきました」

「そりゃまぁ、お大尽遊びの屋形船と比べたら、どんな船だって安くつくだろうけどよ……」

同じ船には属するけれども、屋形船を持ち出すのは、比較の対象として間違っている。あれは乗り物ではない。お座敷だ。

「それで？　なんだってここで陸《おか》に上がったんだい」

「ここまで来て、満徳寺様のことを思い出しましてねぇ。噂に名高い、将軍家御位牌所《ごいはいじょ》とはどんなお寺様なのかと思いましてね、ちょっと船を降りまして、参詣に立ち寄らせていただいたのですよ」

雨よけに蠟引《ろうび》きの合羽《かっぱ》を羽織っている。しかし荷物は全部、お供の銀八に預けていた。銀八は大きな荷を風呂敷に包んで背負っていた。

「物見遊山の旅かよ」

なんとも物好きで場違いな男だ。

「とんでもない。御用旅にございますよ」

卯之吉は忍び足で寄ってきて、朔太郎の耳元で囁《ささや》いた。

「手前はね、隠密廻同心を拝命したのですよ。ですから、江戸の外を出歩いていても、お咎《とが》めを受ける心配はないわけです」

隠密廻同心の御用旅なのに、寺社仏閣を参拝するために寄り道をした――などというほうがよほどに問題だ。

などと卯之吉に言っても通じないことは明らかなので、朔太郎は黙っていることにした。

卯之吉は朔太郎の気などは知らずに、宿の有り様に目を向けている。

「なんでしょうね、ここの宿場と河岸は。旅籠にお姐《ねえ》さんがたがいっぱいいるのに、少しも愛想よくしてくれませんよ」

「当たり前だ」

卯之吉は寺役宿に投宿する女たちを、芸者か何かだと勘違いしているらしい。

「あれらは、駆け込み寺を頼ってきた女たちだよ」

朔太郎がそう言うと、卯之吉は首を傾げた。

「駆け込み寺って、なんです」

朔太郎は露骨に呆れ顔をした。

「そんなことも知らずに満徳寺に来たのかよ」

まったく信じがたい世間知らずだ。

「大通人《だいつうじん》ってのは、世事に通じているから『通だね』って言われるんじゃねぇのかよ」

卯之吉は悪びれた様子もなく笑顔で答える。

「あたしが通じているのは吉原の中の事情だけですよ。商いの道も、町奉行所のお役目にも、まったく通じてなどおりませんよ。ハハハ！」

「ハハハ、じゃねぇだろ」

雨は陰々滅々《いんいんめつめつ》と降っている。上野国の寒村に、どうしてこんな太平楽が舞い降りたのか。

「駆け込み寺って、なんですかね」

卯之吉が真顔で訊ねる。

「仕方がねぇ。教えてやるよ。ただし、長い話だぞ」

「長い話は、沢田様や村田様のお小言で慣れていますから」

卯之吉はツルリとした顔つきで答えた。長い小言には慣れているだろうが、聞き分ける能力があるとは思えない。

「話は、大坂落城の昔にまで遡《さかのぼ》るんだぜ」

朔太郎は語りだした。この律儀《りちぎ》さが、いかにも江戸の役人らしかった。

大坂城の豊臣秀頼《とよとみひでより》は、徳川幕府初代将軍の家康と、二代将軍の秀忠《ひでただ》父子に攻められて殺された。豊臣家は滅亡した。

秀頼の正室の千《せん》姫は、秀忠の娘であった。未亡人となった千姫は、いったんは落飾《らくしょく》し、徳川家発祥の地にあった満徳寺に入った。豊臣家と秀頼の菩提《ぼだい》を弔うべく尼僧になったのである。

その後、千姫は還俗《げんぞく》し、徳川家の譜代大名の本多忠刻《ほんだただとき》と再婚した。

「……という昔話があってだな、満徳寺には、いったんは嫁いだ女の、嫁ぎ先との縁を切る、という大権が認められることになったんだよ。千姫様の故事が先例となってな、夫との縁を切りたい女は、この寺に訴えれば願いが通る――ということになったんだ」

朔太郎は寺役宿の女たちに向かって、顎《あご》をしゃくった。

「駆け込み女たちは、縁切りの沙汰《さた》が下《くだ》るまで、ああして宿で待っているのさ」

「はぁ、左様で」

案の定、というか卯之吉は、理解したのかどうかも定かではない相槌《あいづち》を打った。朔太郎はめげずに続けた。

「ところが、縁切寺に駆け込んだからといって、必ずしも縁が切れるとは限らない」

「なんでですかね」

「そもそも女は、嫁いだとしても、人別《にんべつ》（戸籍）は実家にある」

夫婦別姓の時代である。源頼朝《みなもとのよりとも》の奥方は北条政子《ほうじょうまさこ》だが、北条政子は死ぬまで北条姓で、源政子にはならなかった。そして政子は北条家のために、婚家の源家を滅亡させた。これがかつての日本の妻の常道であった。

「百姓だって同じことよ。夫の乱暴や酒癖、博打《ばくち》好きが酷《ひど》すぎるっていうのなら、実家の親兄弟が黙っちゃいねぇ。夫の家に掛け合って、離縁状を書かせるのさ。そうやって離縁する夫婦は数知れねぇ。父親にすれば実の娘は可愛いもんだ。嫁ぎ先で苦労する娘を見殺しになんかしねぇのよ」

朔太郎は再び顎の先を寺役宿に向けた。

「縁切寺を頼ってくる女の中には、実家からも見放されちまった女もいる。実家の助けが得られない、筋の通らない理由で、縁切りを願う女もいるってわけだ」

「そうなんですかえ」

「別の男が好きになったから、今の夫と子供が邪魔になった——なんていう女だって稀《まれ》にはいるさ。それが人の恐ろしさだ」

「はぁ」

「だからこそ満徳寺の寺役人は慎重に吟味する。吟味が終わるまで女たちは寺役宿に押し込められるってわけだ」

卯之吉は、なにもわかっていないような顔をした。

「縁切寺ってのも、なにかと大変なんですねぇ」

「縁切寺に限らず、民草《たみくさ》が相手の政を受け持つ役所は大変なんだ」

大変じゃない役人は卯之さんぐらいだ。と、朔太郎は腹の中で思った。

「それじゃあ、さっそく、お参りに行きましょうかねぇ」

卯之吉は微笑みながら言った。

(やっぱり何も聞いちゃいねぇ)

朔太郎はガックリと肩を落とした。

三

卯之吉は満徳寺の門前に到着した。

「ここが歴代公方《くぼう》様の、ご位牌をお祀《まつ》りしているお寺様ですか……」

扉が半分開いていたので、そーっと中を覗いてみた。

本来、寺や神社というものは、万人に対して開放されている。

「ですけれど……。こちらは上様の御位牌所ですからねぇ」

断りなく入り込んで良いものかどうか。

「とはいえ、ここまでやって来て、門だけ見て帰るのでは、もったいない気がするよ。あたしの沽券《こけん》にかかわりますねぇ」

「なんの沽券でげすか」

銀八は呆れた。どうせ遊び人特有の意地だとかなんだとか、わけのわからぬ見栄に突き動かされているのに決まっている。

「お叱りを受けてもつまらないでげす。さぁ、引き返すでげすよ」

しかし卯之吉は門内を覗きこんだまま動かない。

「ちょっとだけ、もうちょっとだけ、入ってみよう」

片方だけ開いてあった門扉の隙間からスルリと中に踏み込んでしまった。

「あっ……」

銀八は驚き呆れた。満徳寺は徳川家の寺だ。江戸城の御殿と格式は同じなのではあるまいか。

「お手討ちにされたら、どうするでげすか！」

「大丈夫」

どんな根拠で大丈夫と言い切るのか、これまたまったく理解できない。

「あぁもう、どうなっても知らないでげすよ！」

銀八は青い顔をして、門の外に留まった。

卯之吉は参道を二ノ門へと進んだ。

「あっ。綺麗《きれい》なお庭がある」

開かれた門の向こうに、蓮池《はすいけ》と、朱塗りの太鼓橋が見えた。さすがは徳川家が帰依《きえ》する寺だ。造作といい手入れといい、完璧《かんぺき》なまでに行き届いていた。

「まるで極楽浄土みたいだねぇ」

満徳寺の本尊は阿弥陀如来である。『南無阿弥陀仏』と唱えることで、極楽浄土に導いてくれる有り難い仏だ。

庭の向こうには本堂の伽藍《がらん》があり、開かれた扉の奥には金色《こんじき》の阿弥陀如来像が見えた。まさに浄土そのものを思わせる、有り難くも素晴らしい光景であった。

卯之吉は感動しやすい性質である。二ノ門に立って、長い間ぼんやりと見とれていた。

そんな卯之吉に、突然、声がかけられた。

「なんじゃそなたは。駆け込み者の女人かと思って出てきてみれば、さにあらず。そなたは、男ではないか」

老尼僧が疑わしげな目つきで咎めてきた。梅白尼の弟子の秀雪尼なのだが、もちろん卯之吉にはわからない。

「あっ、ええと……」

咄嗟《とっさ》になんと答えたものか、まごついていると、秀雪尼は卯之吉の風体を検《あらた》めて、

「町人じゃな」

と言った。

卯之吉は笠を取った。

「はい。手前は日本橋室町の――」

「江戸者か。何用あって当山に踏み込んで参ったのか。この寺をなんと心得ておる」

なんだか面倒な話になってきたな、と思った卯之吉は、

（面倒事は、これで片づけるのが一番だね）

いつものように考えて、懐から二十五両の、金座の後藤《ごとう》家の極印が捺《お》された包金《つつみがね》を出した。

使い道があって懐に入れてきたわけではない。たまたま懐に入っていた、というだけの話だ。袱紗《ふくさ》も出して包金を包むと、老尼僧に差し出した。

「些少《さしょう》ですが、これを御仏前にお納めくださいまし」

秀雪尼は田舎の寺の尼僧に見えても、元は大奥中﨟《ちゅうろう》の付け人だった女だ。二十五両程度の賂《まいない》で驚いたりはしない。更《あらた》めて卯之吉をじっくりと見た。

「そなたは、お梅ノ方様の、ご実家に縁のある者か」

梅白尼の親族だと思い違いをしたらしい。お梅という俗名で呼んだのは、秀雪尼なりの親切だろう。

実家からの合力金《ごうりききん》（仕送り）が届けられたと勘違いをしたのだ。江戸の町人が将軍家御位牌所に金を差し入れる理由など、他には考えつかなかった。

卯之吉は実にいい加減で無責任な男なので、

「ええ、まぁ。そのような者です」

適当に話を合わせて、にこやかに微笑んだ。

「あたしはお庭だけ拝見して、それで帰ります。お梅ノ方様には、よしなにお伝えくださいませ」

「うむ。江戸から遥々《はるばる》と大儀であった」

秀雪尼は袂に包金を入れると、背を向けて立ち去った。

「それじゃあ、遠慮なく拝見いたしますよ」

卯之吉は気の向くままに、本堂前の庭を散策し始めた。

（おや？　あの者は……？）

梅白尼は本堂の窓越しに、庭をそぞろ歩く男の姿を見た。

（何者であろう）

梅白尼は急いで窓辺に身を隠した。上様のご寵愛《ちょうあい》を受けた女人だ。その姿を下々《しもじも》の目に触れさせるわけにはゆかない。本堂の窓の陰に身をひそめて、桟の隙間から、目だけを外の男に向けた。

見たことのない男である。寺役人や、寺領の百姓ではない。色白で細面で、肩も腰もほっそりとして華奢《きゃしゃ》であった。

（この在郷では、滅多に見ない風姿だな）

上州の百姓たちは、みな真っ黒に日焼けしていて、全身が節《ふし》くれだっている。

（旅役者か）

などと思ったその時、空を覆っていた雨雲が一瞬途切れて、パーッと、陽光が降り注いできた。満徳寺の庭を眩《まばゆ》く照らしだす。露に濡れた草木が、キラキラと輝いた。

光の中に男が立っている。陽の射し込んだ空を見上げて、蕩《とろ》けるような笑顔を浮かべた。

　梅白尼は、思わず窓の桟をきつく握りしめた。

（まるで天人《てんじん》のような……）

　邪気のまったくない、涼やかな顔だちである。眩く光る青葉の中で、男の顔は一際眩《まぶ》しく輝いていた。

（なんと美しい）

　桟を握る指に力がこもる。

　梅白尼は瞬《まばた》きもせずに見つめ続けた。男がフッと向こうを向いた時に、深々と息を吐いた。自分が息を止めていたことに、初めて気づいた。

　と、その時そこへ、無粋な男が踏み込んできた。

「梅白尼様。こちらでございましたか」

　奥の廊下に通じる戸口で、庄田朔太郎が膝を揃える。梅白尼は大切な時間を汚されたような気がして激しく立腹したのだが、ふと思いついて、庄田朔太郎を手招きした。

「御用にございますか」

「しっ、声が高い。足音も立てるな」

庭のウグイスが飛び去るのを恐れるかのように、梅白尼は叱責した。

「静かに参れ」

庄田朔太郎は足音を忍ばせてやって来た。梅白尼は窓の外を指差した。

「あれを見よ」

朔太郎は不思議そうな顔をして外を覗いた。そして「あっ」と小声で叫んだ。

「ああ……、卯之さん、勝手に入って来やがったのかよ」

将軍家御位牌所だというのに、なんたる不敬か。

遊び人を気取っていても、朔太郎は譜代大名の家臣。卯之吉の不作法に仰天してしまった。

「卯之さん――じゃと？」

梅白尼は朔太郎に鋭い目を向けた。

「そのほう、かの者を存じておるのか」

「ハハッ」

朔太郎はその場に平伏した。

「存じております……と申しましょうか……いやはや、なんとも申し上げにくい次第でございまして」

「何をブツブツと申しておる。あの者は何者じゃ。なにゆえに我が寺の庭におるのか」

朔太郎は額に冷汗を滲ませた。

「なにゆえにお庭に踏み込んでいるのか、と申しますと、そのぅ、それがかの者の性分と申しましょうか、一種の病《やまい》とでも申しましょうか……」

「何者なのだ」

「それがその……」

吉原で評判の放蕩者だ——ということは、伝えないほうが良いだろうと判断した。

「南町奉行所の隠密廻同心にございます」

「南町？　江戸の同心か」

「いかにも左様で。……上州へは、隠密の探索で乗り込んで参ったものと……」

朔太郎はシドロモドロになりながら答えた。腹の中では、

（なんてことをしてくれやがった！　いくらオイラでも庇《かば》いきれねぇぞ！）

と焦っている。

梅白尼に「かの者は無礼討ちにいたせ」と命じられたら、朔太郎が卯之吉を斬

り殺さねばならない。

（なんてぇこったい。将軍家御位牌所なんかに入ってきやがって……。いくらなんでも酔狂が過ぎらぁ）

これが卯之吉の最期か。朔太郎は思わず目頭を熱くさせた。

ところがである。梅白尼は、潤んだ瞳で卯之吉の姿を追っていた。

「江戸の者か……。なるほど、いかにも垢《あか》抜けしておる。江戸者だと思ってみれば、懐かしくも、慕わしい姿じゃ」

朔太郎は野暮天ではない。さらに激しく動転した。

（こっ、この女……、まさか卯之さんに！）

卯之吉は十分に庭を散策し、満足したのか、二ノ門から出ていった。梅白尼は悩ましげな溜め息を深々と吐き出した。

そして朔太郎に目を向けた。

「あの者、隠密廻同心と申したが、いかなる詮議でこの地に参ったのか」

「はて……。それは……」

本当は倉賀野に直行しなければならないのに、物見遊山で寄り道をした、などという事実を告げることはできない。

「そのほう」

「ハハッ」

「かの同心に便宜《べんぎ》をはかってやれ」

「は……？」

「寺役人を使っても良い。妾が許す」

朔太郎は内心、呆れた。

（惚れた男のためにならら、ってヤツかい）

端唄《はうた》の歌詞じゃないんだから、と朔太郎は思った。

（この女も、とんだ横紙破《よこがみやぶ》りだぜ）

形に嵌《は》まらぬというか、形から飛び出している、というか。

（どうしてオイラの周りにゃあ、常識のねぇヤツばっかりが集まるんだ）

自分のことは棚に上げて、朔太郎は思い悩んだ。

四

「見ろ。そなたがのんびり飯など食っておるから日が暮れた」

中山道、大宮《おおみや》宿の旅籠で、水谷弥五郎が無念そうに言った。

「このぶんでは、いつまで経っても徳右衛門には追いつけぬぞ」

雨は激しさを増している。旅籠の窓の障子に張られた油紙を外から激しく叩いていた。

「増水で渡し舟が止まったら面倒だぞ」

由利之丞はお椀の飯をかっ食らっている。小柄で痩せた体つきなのに、驚くほどの大飯食らいだ。痩せの大食いの典型である。

「渡し舟が止まったらさ、三国屋の大旦那も足止めだ。そうなりゃ渡し場で追いつける。かえって好都合だよ」

「確かにそうかも知れぬが……」

なんでも自分の都合の良いように思考するのが、由利之丞である。

「それにしても、ろくな物がないね。沢庵《たくあん》に芋に青物《あおもの》だ。魚はないのかな」

江戸の食に慣れた由利之丞にとっては、粗末に過ぎる膳であった。

賭場《とば》の用心棒などをして、関八州を旅して回った経験のある水谷にとっては、これでも贅沢《ぜいたく》な食事である。

「膾《なます》(刺身)などは手に入らぬぞ。塩漬けの魚だって、滅多には食えぬ」

海でとれた鮮魚を運搬できる距離は驚くほどに短い。江戸の市内が限界だ。

「川にも魚はいるだろう？」

「川でとれる魚の数などたかが知れておる。海と川の大きさを見比べれば、漁師でなくとも見当がつくだろう」

「ふ〜ん」

なんのかんのと文句は言うが、箸だけは止まらない。

「弥五さんも食いなよ。酒もそこそこ美味いよ。地廻りだけどね」

地廻りとは江戸の近郊で醸《かも》された酒のことで、上方からの下り酒に比較すると、数等、格が落ちるとされていた。

「地廻りも何も、下り酒など滅多に飲めぬ我らではないか」

「飲むんだろ？」

由利之丞が銚釐《ちろり》の口を向けてきた。

「飲まずにおれるか。どうせ夜旅はできぬのだ」

酒好きの水谷は、堪《こら》えきれずに盃で受けた。

「ううっ……。さすがに江戸よりも冷えるな」

水谷は身震いしながら雪隠《せっちん》に向かった。いわゆる梅雨寒《つゆざむ》のうえに、武蔵国の内陸地だ。海に近い江戸とは比べものにならないほど冷え込む。

雪隠は旅籠の外にあった。番傘をさして行かねばならない。もっともそれは江戸の長屋でも同じことだ。

長々と放尿して、部屋に戻ろうとした、その時であった。

「ムッ……、あの男は」

見覚えのある悪人ヅラが、旅籠の塀の外を歩いているのに気がついた。提灯《ちょうちん》を下げているので、その顔がよく見えたのだ。

(楡木《にれぎ》ノ隠仁太郎《おにたろう》ではないか)

ふざけた名乗りだが、野州《やしゅう》や上州では少しばかり名の通った博徒、凶賊である。

楡木宿は野州(下野国)例幣使《れいへいし》街道の宿場で、隠仁太郎は元々、その地で働く人足だった。腕っぷしの強さで人足たちの兄貴分にのし上がり、いつしか人の道を踏み外して侠客になった。上州や野州、常州《じょうしゅう》(常陸国《ひたちのくに》)ではよくある転落人生である。本人は、『兄貴』『親分』と呼ばれる身分に成り上がったつもりでいるが、行き着く先は獄門台と相場が決まっていた。

四十絡みの、眉の太い、厳《いか》めしい顔つき。背は低いほうだが荷運びで鍛えた身体は筋肉の固まりだ。

（こんな夜更けに何をしておるのだ）

宿場荒らしの押し込みを企んでいるのではあるまいか。

「いや、待てよ……」

水谷はさらに思案した。

（もしやすると、徳右衛門が旅をしていることが、悪党どもに伝わっておるのかも知れぬぞ）

街道に根を張る悪党どもは目も耳も鋭い。獲物となりそうな金持ちと、自分たちの害となる役人とを、常に見張っていた。

「これはいかん」

隠仁太郎から目を離すべきではない。水谷は自分の部屋に取って返した。

夜中の旅籠は暗い。枕許に置いてあった刀を手さぐりで摑《つか》んで腰に差した。剣《けん》吞《のん》な道中の用心で、就寝時にも袴は脱がない。長年そのように暮らしてきたので慣れている。

騒々しい気配に気づいて、由利之丞がムックリと上体を起こした。眠そうに目を擦《こす》る。

「……なんだい、もう朝なのかい？」

「まだ宵の口だ。寝ておれ」

「弥五さんは、なんの支度をしているのさ」

「わしはちょっと出てくる。見過ごしにはできぬ悪党を見つけたのだ」

水谷は少し考えてから、帯の間に挟んであった為替を摘《つま》み出した。喜七に貰った為替の全てを換金したわけではなかったのだ。

「為替は預けておく。万が一、わしが戻らなかったら、為替を金に換えて江戸に戻れ」

「そんなに危ない相手なのかい」

「さほどの強敵でもないが、どこまで追っていくことになるか、わからぬ」

「路銀はどうするのさ。オイラに為替を預けちまったら、一文なしだろう」

「わしだけなら、銭などなくとも、いかようにも旅ができる」

これまでもそうやって、関八州を渡り歩いてきたのだ。

「わしは急ぐ。話し込んでいる暇《いとま》はない。よいな、無理はせずに江戸に戻るのだぞ」

水谷弥五郎は座敷を出ていった。

由利之丞は寝ぼけ眼《まなこ》で座っていたが、パタリと寝床に倒れ込んで、すぐに鼾《いびき》をかき始めた。


弥五郎は片手に笠を翳《かざ》しつつ、闇の中をひた走った。

雨雲に閉ざされた天地は真っ暗だ。しかし剣術で鍛えた弥五郎の視力は野獣のように鋭い。夜道を進むのに、なんの不自由もなかった。

道の先で提灯が揺れている。

（隠仁太郎め、どこに向かう気だ）

宿場を離れて、どんどん北西へ――上州の方角へ――進んでいる。

街道の両脇に伸びた夏草が、夜風に吹かれてザワザワと不吉な音を立てていた。それが幸いして、こちらの足音が相手の耳に届く心配はなさそうだった。

中山道は幕府によって管理される官道で、常夜灯が等間隔に立てられている。常夜灯の前を通るときだけ、隠仁太郎の姿が照らしだされた。

その時であった。フッと隠仁太郎が向きを変えた。街道を外れたらしい。

（別れ道でもあるのか。それとも……）

尾行に気づいて姿を隠したのか。

弥五郎は街道の脇に身を寄せて、注意深く、隠仁太郎が消えた辺りの気配を窺《うかが》った。

剣で鍛えた直感は、なんの危険も伝えてこない。弥五郎は油断なく歩を進めた。

(ヤツの姿が消えたのは、この辺りだが)

目を向けると細い小道が延びていた。その先には、こんもりとした森の影が見えた。

「鎮守《ちんじゅ》の森か」

近在の百姓の氏神《うじがみ》であろうか。どうやら隠仁太郎は、神社に向かったらしかった。

(悪党めが、信心でもあるまいが)

ともかく追わねば、ここまで追《つ》っけてきた甲斐《かい》がないと思い、弥五郎は神社に通じる小道に踏み込んだ。

さらに歩んでいくと、雨の煙った先に、ぼんやりと明かりが見えてきた。社《やしろ》の中で誰かが火を灯《とも》しているようだ。

(隠仁太郎が一夜の宿に神社の屋根を借りているのか、それとも……)

悪党にも得意の仕事の形がある。隠仁太郎は一人では悪事を働かない男だった。必ず仲間を集めてから、事に及んだ。

そう思ってよく見れば、神社の格子窓越しに複数の人影が揺れているように感じられる。

(悪党仲間と、悪事の相談か)

参道を見張っている者がいるかもわからない。水谷は鎮守の森へ、裏から近づくことにした。

社の裏手に回り、森を突っ切って神社の壁に忍び寄ると、ヒソヒソと話し声が聞こえてきた。

五

「ああ……。いけませんねぇ……。こんなことってあるんですかねぇ……」

深谷宿の旅籠で夜具にくるまりながら、卯之吉は切ない溜め息と、埒《らち》もない愚痴を漏らし続けていた。

「まだまだ宵の口じゃないか。それなのに火まで落とされちまって……」

旅籠の座敷は真っ暗闇だ。

満徳寺の庭を眺めて満足した卯之吉は、銅街道を戻って利根川を渡り、深谷宿に宿を求めた。

「深谷の宿場は、中山道でも屈指の賑わいだと聞いていたから寄り道したのに、とんだ期待外れじゃないかえ」

座敷には行灯《あんどん》もあったが、灯油《ともしあぶら》は一回きりしか提供されなかった。火を灯し続けて油が切れたら終わりである。卯之吉がなんと言おうとも、旅籠の主は「それが、お上のお決めになられた御法度《ごはっと》だべ」としか答えなかった。

照明がないばかりではない。鳴り物も唄も禁止である。

「こんな静かな夜は生まれて初めてじゃないかねぇ」

雨が屋根板を叩く音だけが虚しく響く。

「そりゃ、あんまり大袈裟な物言いでげす」

銀八は呆れた。

旅人は暁七ツ（午前四時ごろ）に出立《しゅったつ》する。早起きの旅人の睡眠を妨げないよう、夜中の宴会は厳禁なのだ。

そもそも五街道の宿場は、家康が徳川軍の移動のために作った軍事中継基地なのだ。かような次第で法度が厳しい。

それでも深谷宿はまだしも締めつけの緩《ゆる》いほうだ。隣の熊谷宿《くまがや》などは、飯盛女を置くことそのものが禁じられていた。

吉原にしたところで、江戸の初期までは、昼間のみの営業に限られていた。宴会とは元々、昼間に開くものだったのだ。

「こんな早くに眠れやしないよ」

普段の卯之吉ならば、これからが本領発揮という時刻だ。眠気などはまったく感じなかった。

「目を閉じて、じっとしていればいいでげす」

「うーん。やってみようか」

目を閉じて、ほんの少しの間おとなしくしていたと思ったら、

「やっぱりダメだ。あたしは禅寺のお坊様じゃないよ。とてもじゃないけど無言の行なんか勤まらない」

夜具をはね除《の》けて起き上がった。

銀八はびっくりした。

「何をする気でげすか」

卯之吉は座敷の奥に重ねてあった行李《こうり》（銀八が背負ってきた物だ）の蓋《ふた》を開け

て、手さぐりで着物を引っ張りだした。

「銅街道を北へ行くと、桐生《きりゆう》っていう町があると聞いたよ。足尾から銅を運び出す人足の衆が集まっていて、たいそうな賑わいだって噂さ。これからそこへ行くよ。さぁ、支度をおし」

「何を言ってるでげすか」

この雨の中をどうやって進むつもりなのか。

「第一、渡し舟は、もう動いていねぇでげすよ」

江戸ならば、吉原や深川に客を運ぶ猪牙舟《ちょきぶね》があるが、ここは関八州の田舎だ。夜中に移動する人間は悪党しかいない。悪党の移動を制限するために、渡し舟の夜間運行は禁じられていたのだ。

「それにでげす。銅を運ぶ人足の衆だって、朝早くから働くんでげすから、夜は早くに寝つくに決まってるでげす」

江戸時代の労働や移動は陽光だけが頼りだ。太陽が昇ったら即座に旅を始める。働き始める。寸刻たりとも無駄にはしない。そのために早寝早起きを心がける。

（夜中に蠟燭《ろうそく》を何本も灯して遊び呆《ほう》けて、昼過ぎまで寝てる、なんてのは、よっ

ぽどの放蕩者だけでげす)

そう言いたかったのだが、しかし、卯之吉は、放蕩者として育った男だ。それが普通の生活なのだと信じている。

隣の座敷から罵声《ばせい》が聞こえた。

「おい、うるせぇぞ！　寝ていられねぇじゃねぇか！」

「へいへい」と答えたのは卯之吉だ。

「すぐに出て行きますから、ご心配なく」

本当に宿を発つつもりでいるらしい。

(どうすればいいんでげすか)

銀八は頭を抱えた。

「札差の三国屋だと？　日本橋室町に、いくつも金蔵を建てている大店か」

頬に大きな刀傷のある浪人が、気だるそうな目をして質《ただ》した。

神社の中に、風体の怪しい男が三人、集まっていた。その内の一人は楡木ノ隠仁太郎だ。

隠仁太郎は、浪人に向かって頷《うなず》き返した。

「左様ですぜ遠藤《えんどう》先生。江戸一番のお大尽だと評判の、三国屋にございますよ」

遠藤というらしい浪人の代わりに、もう一人の悪党——坊主頭のよく肥えた男が、細い目を隠仁太郎に向けた。色白でポチャポチャとした顔だち。眉もひげもほとんど生えていない。細い目は厚い瞼《まぶた》で塞《ふさ》がってしまいそうだ。そのせいでいつも笑っているような顔である。

「そのお大尽様なら、オイラが多々良山《たたらやま》って四肢名《しこな》で、両国《りょうごく》の相撲取りだった頃に聞いたことがあるよ。江戸一番の大金持ちで、小判は金蔵に山積みだけれど、オイラたち相撲取りに祝儀をくれたことなんか一度もなかったよ」

隠仁太郎は「そのとおりでぇ」と頷いた。「江戸一番のケチん坊でな、それだけ金を貯め込んでいやがるってことさ」

遠藤は「フン」と鼻を鳴らしてから、質した。

「その三国屋を、俺と貴様と、力士崩れの多々良山とで、どうこうしてくれようと申すのか」

「左様で。……三国屋の徳右衛門は」

隠仁太郎は声をひそめた。

「わずかな供だけを連れて旅をしていやがるそうなんで」

遠藤は眉をひそめた。

「江戸一番の金持ちが、そんな不用心な旅をするものか」

「それがですね、遠藤先生」

隠仁太郎は身を乗り出した。

「倉賀野河岸で、年貢米を積んだ御用船が沈められたでしょう？　その一件があったんで徳右衛門は、大慌てで駆けつけてきた――って話らしいですぜ」

「札差ならば、年貢米の行方が案じられるのは当然であろうが、しかし、不用心な旅はいたすまい。お前にはわからぬけれども、身を守る手配を済ませておるのではないのか」

多々良山も甲高い声を上げる。

「そんなところに飛び込んでいったら、こっちが袋の鼠《ねずみ》ってやつだよ」

隠仁太郎は首を横に振った。

「遠藤先生のような流れ者や、多々良山のような江戸者にはわかるめぇが、街道筋のことなら、どんな些事《さじ》でもお見通し、それが裏街道の悪党ってもんだ。抜かりはねぇですぜ」

隠仁太郎は二人に目を向けた。

「あっしの話に乗るんですかい、下りるんですかい。三国屋徳右衛門をかどわかしてやれば、身代金《みのしろきん》は取り放題ですぜ」

遠藤と多々良山は煮え切らない顔つきで、互いの顔色を窺った。

「話がうますぎる――」

遠藤が言い掛けたその時であった。

「その話、乗った！」

神社の扉の外から声がかかった。

「誰でぃッ」

瞬時に隠仁太郎が向き直る。遠藤は横たえてあった刀の柄《つか》を握った。多々良山は懐に手を入れて、なにやら隠し武器を手に嵌めたようだ。

「話は聞かせてもらったぞ」

扉を開けて、薄汚い身形《みなり》の浪人が、ヌウッと踏み込んできた。水谷弥五郎であった。

「手前ぇ！　盗み聞きをしてやがったな！」

隠仁太郎が叫んだ。遠藤も立ち上がり、今にも抜刀しそうな気勢を見せた。

「待て待て」

水谷は片手を突き出して制した。

「盗み聞きをしていた——などと冗談ではないぞ。この神社では、先にわしが忍び込んで寝ておったのだ。床下に入れるようになっておったのでな」

「床下で寝ていただと？」

「そうよ。後からやって来た貴様らが勝手に喋《しゃべ》りだしたのであろうが」

水谷は堂々と嘘を並べる。

「せっかく良い気分で寝ておったのに、お前らの話し声がうるさくて目が覚めたのだ。お陰で寝不足だ。どうしてくれる」

「どうしてくれる——だと？」

遠藤が殺気の籠《こ》もった目で水谷を睨《にら》んだ。

「怒りが収まらぬ、と申すのなら、ここで立ち合ってやってもよいぞ」

そう言ってから「フッ」と笑った。

「口封じにもなって一石二鳥だ」

頭から自分が勝つと信じきっているらしい。

「まぁ、お待ちなせぇ」

隠仁太郎が割って入った。水谷に顔を向けた。

「ご浪人さん、どっかでお見かけした顔だと思ったが、水谷弥五郎先生じゃござんせんかえ」

「わしを見知っておるのか」

隠仁太郎が水谷に答えるより先に、

「なんじゃ、隠仁太郎。そやつを知っておるのか」

と、遠藤が質した。

隠仁太郎は二人の浪人に交互に顔を向けながら「へい。左様で」と答えた。

水谷は白々《しらじら》しげな思案顔で、

「どこで会ったのかな？　わしも関八州の至る所を流れ歩いておるのでな、いちいち博徒の顔など覚えておらんのだ」

幸い、隠仁太郎はまったく疑った様子もなかった。

「野州、栃木《とちぎ》宿の賭場で、ヤットウの腕前を見せてもらいやしたよ。小山《おやま》ノ仙三《せんぞう》一家との出入りで、先生は、栃木ノ源太夫《げんだゆう》一家に加勢をしていなすった」

「おう、あれか。大喧嘩であったな。真岡《もおか》の代官所から手勢が出されて、勝ったほうも、負けたほうも、夢中で逃げたわ」

「オイラは源太夫とは盃を交わした兄弟分なんで、あの出入りにもツラを出しておりやしたんでさぁ」

楡木ノ隠仁太郎の出身地である楡木宿は、栃木宿に近い。小山も真岡も下野国の地名である。

「あの一件で、野州には、おられぬようになった」

「水谷先生は一際目覚ましい働きでしたからねぇ。真岡代官所に目をつけられたんでしょうな」

下野国の公領を統括《とうかつ》しているのは真岡代官所であった。

「いつまで旧交《じ》を温め合っておるのだ！」

遠藤が焦れた様子で怒鳴った。そして刀の鯉口《こいぐち》を切った。隠仁太郎が焦る。

「先生、なにを……」

「我らの話を聞かれた。我らの顔も見られた」

「生かしてはおけぬ、というわけか」

水谷も腰の刀を差し直した。

「表に出ろ」

遠藤が叫ぶ。水谷はニヤリと笑った。

「その手には乗らぬ。わしが背を向けたところで斬りつけようという魂胆であろうが」

遠藤は否定しない。人斬り稼業の浪人剣客は人殺しの請負人だ。剣術の試合とは違い、正々堂々とは斬り合わない。確実に相手を仕留める策を弄《ろう》するのも、仕事の内だ。

「待っておくんなせぇ先生方。なにもここで斬り合うこたぁねぇ！」

「邪魔だ。退《ど》け」

遠藤はどうでも斬り結ぶつもりらしい。

「やめておくんなせぇ遠藤先生。今度の仕事にゃあ腕の立つお人が必要なんだ。旦那方に斬り合いをされて、どっちも使い物にならなくなったら困る」

「わしが、こやつに負けるとでも思っておるのか」

「あっしの見るところ相討ちだ。どっちが勝っても、片腕ぐらいは斬り落とされると見えやすぜ」

遠藤は険しい目で水谷を睨《にら》む。水谷も気圧《けお》されないように睨み返す。隠仁太郎はオドオドと狼狽《ろうばい》し、相撲取り崩れの多々良山は面白そうに笑っている。

遠藤がスッと殺気を収めた。

「……この仕事を持ち込んだのは隠仁太郎だ。左様ならば、ここは、隠仁太郎の裁量に任せるとするか」

「聞き分けてくださったんですかい。有《あ》り難《がて》ぇ」

「だが、その男を信用したわけではない」

遠藤は壁際に戻って、気だるそうに座った。水谷もその場に腰を下ろした。

「わしにも一枚嚙ませてもらえるのだな。見てのとおりに食い詰めておる。手を貸せと申すなら、いくらでも貸すぞ」

「頼もしいお言葉ですぜ」

「それでは、どうやって三国屋とやらをかどわかすのか、手筈《てはず》を聞かせてもらおうか」

水谷弥五郎は、南町の八巻の手伝いなどをしているが、悪相の持ち主である。三悪人と車座になっていると、まるきり一味の悪党にしか見えなかった。

第四章　卯之吉遭難

一

雨はますます激しくなってきた。強風が笠を吹き飛ばそうとする。銀八は、

「ひゃあ！」

と叫んでよろけ、畦道《あぜみち》から足を踏み外しそうになった。

「もういけねぇでげすよ、若旦那。深谷宿に帰りましょう」

利根川の河岸に向かっているはずなのだが、中山道をそれてしまうと常夜灯もない。辺り一面が闇だ。

「北へ向かって進んでいるのか、南へ向かっているのか、それすらわからねぇでげす！」

それでも卯之吉の足は止まらない。黙々と突き進む。

「若旦那、ここはお江戸じゃねぇんでげす！　悪党連がどこに潜んでいるのかもわからねぇ関八州でげすよ！」

卯之吉が金を持っていることが知れたら、山犬（狼）の群れのように襲いかかってくるだろう。

「もうちょっと行ってみよう。この先に河岸があるはずなんだ」

なんと諭《さと》されても、卯之吉は恐れずに進んでいく。

（まるで、本物の辣腕《らつわん》同心様みたいなお姿でげす）

この気迫と負けん気を、どうして同心の役目や札差の商いでは発揮できないのか。そこが不思議でならない。

「ほうら、お聞きよ。川の音だ」

闇の向こうから水が流れる音が聞こえてきた。

「河岸があるはずだよ。渡し舟を探そう！」

「待っておくんなさい若旦那、走ったりしたら、堤の土手から落っこちるでげすよ！」

それにだ、河岸があったとしても、船頭がいるとは思えない。夜には自分の塒《ねぐら》に帰って寝てしまうはずだ。

（ま、渡し舟がなければ、諦《あきら》めて旅籠《はたご》に帰るでげしょう）

それまでは卯之吉の酔狂に付き合うしかなさそうだ。

仕方がない。それが幇間《ほうかん》の仕事だ。銀八は、卯之吉の他には旦那を抱えていない。卯之吉に捨てられたら最後、廃業しなければならないほどの駄目《だめ》幇間だ。

堤の上に立つと、川面を渡ってきた風がまともに顔に吹きつけてきた。

闇の中でもぼんやりと白く、川面が光って見えた。大蛇のようにうねりながら、関八州の広大な原野を貫いている。

銀八は茫然《ぼうぜん》として、神秘的ともいえる光景に見とれた。

そしてすぐにハッとなった。ちょっと目を離した隙に卯之吉の姿が消えた。どこにも見えない。ザワザワと音を立てているのは川岸の葦《あし》だ。卯之吉の足音も聞こえては来なかった。

「若旦那ッ」

銀八は叫んだ。

（若旦那をこんな所に一人にしておいたら、間違いなく死んでしまうでげす！）

関八州の悪党が手を下すまでもない。卯之吉という男は、自分一人では草鞋《わらじ》の紐《ひも》すら結べない。自分から川にはまって溺《おぼ》れてしまう。道に穴があいていたら、必ず足を取られて転んでしまう。

その時だった。細くて白くてひんやりとした手が、銀八の手首を摑んだ。

「ひえぇっ！　今度は幽サマでげすッ」

この細くて白くて冷たい指……利根川で溺れ死にした者の幽霊に違いない。総身の毛を逆立てながら振り返ると、

「静かにおしよ」

卯之吉が口の前に指をやって「シッ」と言った。

「若旦那——」

常人ではあり得ないほどに白くて細い指は、卯之吉のものであったのだ。ホッと安堵《あんど》しかけた銀八に向かって卯之吉は、

「いいから静かにおし。妙なお人たちがいるんだよ」

土手の下の川面を指差した。

「妙なお人たち？　曲者《くせもの》でげすか？」

銀八は身を乗り出して、首を長く伸ばした。

「危ないよ。土手から落ちるよ」

卯之吉が心配する。

「ああ、あのお人たちでげすか。何をなさっているんでげしょう？」

河岸に小舟が着けられて、五、六人ほどの男たちが、なにやら蠢《うごめ》いていた。何をしているのかは暗くてわからない。

「こんな夜中にも、渡し舟が出るんでしょうかね？」

「なに呑気《のんき》なことをお言いだい」

「川を渡ろうって言ったのは、若旦那じゃないでげすか」

「よくご覧よ。渡し場の行灯には火が入っていないし、舟にも提灯《ちょうちん》が掲げられていないだろう？　あれは、お役人様には内緒で漕いできた舟だよ」

「っていうと？」

「なんなのだろうね。ま、近づかないほうが良さそうだね」

卯之吉にしては、まっとうに思案している様子である。

「……こんな時に美鈴《みすず》様がいてくださったら、心強いんだけどねぇ」

「なにを言ってるでげすか」

各地の宿場や湯治場などで放蕩三昧《ほうとうざんまい》を繰り広げるつもりの卯之吉は、美鈴には内緒で家を出てきたのだ。

(美鈴様、今頃は大変でげすよ)

泣きわめいたり激怒したり、

(お刀を振り回してるかも知れねぇでげす)

江戸に戻った時に、どれほど厳しい難詰《なんきつ》を受けるか、考えただけでも身が震えた。

それはさておき、銀八は卯之吉の袖を引いた。

「怪しいお人たちがいたのでは、川を渡ることはできないでげす。ああいったお人たちが集まって、悪事を企んでいるのが関八州の恐ろしさでげすよ。さぁ、旅籠に戻るでげす」

ところが卯之吉は「うん」とは言わない。

「利根川に渡し場が一つだけしかない、ということはないだろう。あと少し歩いてみよう。堤に沿って進めば、次の渡し場に着くはずだ」

銀八は呆れて言葉も出ない。

卯之吉はズンズンと歩んでいく。

「それにしても酷《ひど》い雨だね」

「でげすから、旅籠に帰りましょうよ」

「足を滑らせないように気をつけなよ」

と、言ってるそばから卯之吉は、土手の斜面に伸びていた夏草を踏んで、足裏をズルッと滑らせた。

「あっ」

卯之吉は転んだ。土手をゴロンゴロンと転がり落ちていく。

「あ〜れ〜」

手足の力が異常に虚弱な卯之吉は、立ち上がることも転落をこらえることもできずに、

「若旦那ッ！」

ドッボーンと大きな水音を立てて、利根川の川面に転落した。

「銀八！　助けてッ」

折からの雨で水嵩《みずかさ》は増し、流れも早い。卯之吉は必死に手を伸ばしたけれども、何も摑むことはできなかった。浮き沈みしながら川下へと押し流されていく。

激しい流れは渦を巻き、卯之吉の姿は夜の闇に紛れて見えなくなった。

「若旦那ーッ！」

銀八は声を限りに叫んだ。

二

翌日の昼前、喜七の心配を余所《よそ》に、徳右衛門を乗せた早駕籠《はやかご》は倉賀野の宿場に到着した。

「まったくとんだ長旅だった」

徳右衛門が駕籠から降りる。懐に手をやったので、早駕籠の親方は酒手《さかて》（チップ）を頂戴《ちょうだい》できるのだろうと思って、

「ありがとうござい」

両手を突き出し、頭を下げた。

「ん！」

徳右衛門は、その手のひらにチャリンチャリンと、一文銭を三枚置いた。

親方は目を丸くした。常識外れに安い酒手だ。上物の着物を着ているお大尽様が、いったいなんとしたことか。しかもである。早駕籠は四人で走ってきた。三文では、全員に行き渡らない。

徳右衛門は河岸問屋《かしといや》に向かってセカセカと歩いていく。茫然と見送る駕籠かき

たちに、

「今のは、大旦那様の悪ふざけでございます」

仕方なく喜七が、相応の銭を四文銭で渡した。

「ああ。おふざけでござんしたかい。こいつぁ一本取られた」

「気難しげなお顔をしていなさるのに、洒落《しゃれ》の利いた大旦那さんですぜ！」

人足たちは大笑いをした。

喜七は急いで徳右衛門の後を追った。


江戸の流通は舟運《しゅううん》によって支えられている。利根川などの大河は流通の大動脈で、幕府によって厳重に管理されていた。河岸には河岸問屋という役所があって、舟運を営む豪商が、公務を請け負っていた。

倉賀野は中山道十二番目の宿場である。そして烏川《からすがわ》という、利根川の支流の河岸でもあった。中山道を陸路で下ってきた荷物は、倉賀野宿で川船に移しかえられ、舟運で江戸に向かう。積み替えの手数料と、船を待つまでの蔵代（荷物の預かり代金）だけでも相当の額に上る。倉賀野は中山道でも一、二を争う、豊かな宿場であったのだ。

河岸問屋は河に面して建っている。船着場からすぐの場所に、荷の積み下ろしをするための広場があり、その周りには蔵があり、さらにその奥に問屋の建物があった。

雨は上がっていたが、烏川の水量は増している。河岸の石垣を乗り越えて、広場のほうまで波が押し寄せて来ていた。徳右衛門と喜七は横目でそれを確かめた。これでは船頭も人足も、仕事にはならないだろう。

挨拶《あいさつ》に出てきた河岸問屋の手代が指で示して、

「もっと水嵩が上がりましたなら、蔵の二階に逃げねばなりませぬ。こんな有様ですので、お話は手短に願います」

口調は穏やかだが、容易ならぬことを口にした。

徳右衛門は苦虫を嚙み潰したような顔つきだ。あの川底に御蔵米が沈んでいるのかと思うと、腸《はらわた》が煮えくり返ってならない。

「こっちも長居をするつもりはないよ。こう見えても暇じゃない。少しは忙しい身なのでね」

手代は「恐れ入ります」とだけ答えて、徳右衛門と喜七を問屋に案内した。

「まずは足をお濯《すす》ぎくださいませ」

中山道の泥水の撥《は》ねかえりで、駕籠に乗ってきた徳右衛門の着物も泥だらけになっていた。こういう時のための着替えを供の者が担いでくる。

江戸の札差が河岸問屋と面談するのだ。二人とも町人ながら公儀の仕事を請け負っている。札差は勘定奉行所、河岸問屋は川船改役所だ。身分に相応《ふさわ》しい身形《みなり》をしないと、それぞれの役所の体面を損なうことにもなるのであった。

徳右衛門は足袋《たび》を脱ぎ、足を濯いで屋敷に上がり、用意してもらった部屋で綺麗な着物に着替えた。

畳の敷かれた広間に通される。座してすぐに白髪頭の老人が入ってきた。着物の裾の折り目も正しく正座した。

「河岸問屋の江州屋孫左衛門《ごうしゆうやまござえもん》にございます」

手は膝に置いて、一礼して寄越した。

六十に手が届こうかという歳格好だが、顔は赤銅《しやくどう》色に焼けてテラテラと光っている。頑丈そうな体つきで背筋もピンと伸びていた。顔つきも引き締まっている。耄碌《もうろく》とはほど遠い姿であった。

「日本橋室町の札差、三国屋徳右衛門にございます」

徳右衛門も頭を下げ返した。しかしすぐに顔を上げて、きつい眼差しで孫左衛門を睨《にら》んだ。

「手前の店で札を差した米俵が、川に沈んだとのことでございますが」

挨拶もそこそこに、いきなり本題に入る。

孫左衛門も目を逸《そ》らさずに、真っ直ぐ徳右衛門を見つめ返した。徳右衛門は腹に力を込めて続けた。

「公儀の御蔵米を損なうとは何事でござろう。お上のお怒りは思うだに恐ろしゅうございますよ。お叱りを賜《たまわ》るのはこの三国屋徳右衛門。いったいいかなる子細か、お話を伺《うかが》いたい」

孫左衛門は徳右衛門に言わせておいて、さらに間を持たせてから、勿体《もったい》をつけて口を開いた。

「子細も何も、ご覧のとおりの空模様、川模様でございましてな。川の波は高く、重い米俵を積んだ船が覆《くつがえ》るのは、致し方もない仕儀にございます」

「埒《らち》もない」

徳右衛門は「フン」と鼻を鳴らした。

「昨日今日、船頭仕事を始めた小僧でもあるまいに、水嵩が上がったぐらいで御蔵米を水に沈めるはずがございますまい。江州屋さんは、その白髪頭になるまで船荷を扱ってこられたのでござろうが。梅雨時に水嵩が上がることなど、折り込みずみであったはず！」

孫左衛門の顔にもサッと血の気が上ったが、口調までは、変わらなかった。

「船も歳月を経るごとに不具合が生じます。左様。手前や徳右衛門さんの身体《からだ》と同じでございますな」

「生憎《あいにく》だが、手前の身体はこれといってどこも悪くはない」

「それはなによりですな。しかしまあ、船のほうはだいぶガタがきていたとお考えください」

「それゆえに覆ったと？」

「川の流れが早くなれば、川上から岩が川底を転がり流れて参ります。昨日まではすんなり通れた行路に、大岩が突然あらわれるものでしてね。川船の底に大岩がぶち当たれば、ただではすみませんよ。なにぶん船頭は、水神《すいじん》様が相手の商売でしてね。思いもかけぬ事が起こるのですよ」

「船大工はどこにいるのです」

徳右衛門の問いに孫左衛門は目つきを険しくさせた。

「船大工に会って、どうなさろうというのですかね」

「船の手入れに手抜かりがなかったかどうかを質《ただ》すのですよ」

「それは手前ども河岸問屋の役目ですな」

「失われたのは御蔵米ですぞ。御勘定奉行所に糾問《きゆうもん》された時に、申し開きができないようでは、手前どもの信用に障《さわ》りがでる」

徳右衛門と孫左衛門は暫《しば》し無言で睨み合った。

「……なれば、それについては手配をいたしましょう」

孫左衛門が折れた。だが、白々しげな物言いで続けた。

「船大工の棟梁《とうりよう》たちも、今は仕事で手一杯なので、すぐに引き合わせる、というわけには参りませぬよ」

「なにゆえ」

「今も申しましたように、この季節の川船は、船底を岩に擦《こす》られながら川を下るのです。当然に傷みが激しい。修理の手が滞れば、再び船が覆って、三国屋さんが札を差した米俵が、また、流されることにもなりかねない」

徳右衛門は片方の眉だけキュッと寄せた。

今の物言いは脅しにも聞こえる。「執拗《しつよう》に詮議《せんぎ》するならば、今度は故意に米俵を流すぞ」と言っているようにも聞き取れた。

「そう度々《たびたび》、御蔵米を流していたのでは、お上のお叱りも免れますまい。江州屋さんから河岸問屋の鑑札が、取り上げられなければよいですがね」

「そうならないように、船大工たちは忙しく働いているのですよ」

暖簾《のれん》に腕押し、ああ言えばこう言うの理屈で言い逃れをし続けそうな気配である。長年、河岸問屋を勤めた者ならではのしたたかさであろうか。

徳右衛門は話を変えた。

「それで。水に浸かった米俵は、引き上げたのでございましょうな?」

「川に落ちた米俵を?」

孫左衛門は「フン」と鼻先で笑った。

「川の泥水に浸かった米など、もはやどうにもなりはいたしますまい。引き上げたところで黴《かび》が生え、虫に食われてしまうのがオチです」

「では、拾い上げはしなかったと?」

「なにぶん水嵩も増し、流れも速く、水練の達者が川に飛び込むことも危ぶまれるような有り様でございましたのでね。転覆を知って漕ぎ寄せた周りの小舟も、水夫《かこ》を救いあげるのが精一杯で、とてものこと、重たい米俵など、引き上げられはしなかった、と申しております」

「ならば、川下の河岸で確かめましょうかね」

「なんと？」

孫左衛門は徳右衛門が何を言いたいのか、一瞬、計りかねた様子であった。

徳右衛門は底意地の悪そうに、唇を歪《ゆが》めて微笑した。

「よもや、米俵が川底に沈むとも思われませぬ。プカプカと浮かんで、川を流れ下ったに相違ない。その米俵に気づいた船頭も多いはずですな」

孫左衛門は無言になった。きつい目つきで徳右衛門を睨みつけている。

「……なるほど、三国屋さん。ご自分で仰《おつしや》るとおり、智慧《ちえ》の回りはいささかも衰えてはおられぬようだ」

「たいそうなお褒めをいただいた」

二人はまた睨み合った。今度の沈黙は、問屋の手代が破った。

「旦那様……」

おずおずと入ってきて、孫左衛門の傍《そば》に膝をつくと、なにやら耳打ちをした。

孫左衛門は頷《うなず》いてから、顔を徳右衛門に向けた。

「相済まぬ次第ではございますが、所用ができました。話の続きは後日に願いましょうか」

「それは残念」

徳右衛門はここで手代が出てくることを予見していたような顔つきで頷いた。

孫左衛門は腰を上げた。

「船大工につきましては、なるべく早くに差し向けましょう」

「頼みますよ。手前は倉賀野宿の旅籠に泊まることにいたします」

二人は形だけにこやかに会釈した。孫左衛門は広間を出て行き、徳右衛門も立ち上がった。手代の案内で外に向かう。

「差し出がましいことながら、宿場の問屋に旅籠の手配りを頼みました。三国屋様は御勘定奉行所のお役目で足をお運びになったのでございますから、御本陣に宿をお取りいたしました」

本陣とは、大名行列などが来た際に、殿様ご一行が泊まる宿だ。参勤交代の季節以外は、町人も泊まることが許された。

「御本陣かい。高くつきそうだね」

徳右衛門が思わず顔をしかめると、手代は「とんでもない」と手を振った。

「お上のお役目でございますので、河岸の入用金《いりようがね》（公共予算）でお泊まりいただきます」

「それはかたじけないことだ。孫左衛門さんにも良く礼を言っておいておくれ」

只だと知った途端に機嫌が良くなった徳右衛門は、喜七が揃えた草履を履いて外に出た。

「また雨になりそうだ。御本陣に急いだほうが良さそうだね」

「いえいえ。まだ半日は持ちます。どうぞごゆるりと」

手代は河岸問屋の者として当然に、日和見《ひよりみ》（天気予測）の心得があるようだ。空を見上げてそう言い切った。

徳右衛門と喜七は河岸問屋を出た。手代が最後まで、後ろ姿を見送った。

「わしらの話を聞いていたかい」

宿場に向かって歩きながら、徳右衛門は喜七に質した。喜七は「へい」と頷いた。

「廊下に控えておりましたので、話は聞こえておりましたよ」

「それで、どう見たね？」

「なにやら腑に落ちぬことが、多々、ございましたねぇ」

徳右衛門は頷いた。

「江州屋孫左衛門は、何かを隠している顔だ。うちで札を差した米俵をどうこうした、というのなら、許してはおけない」

「へい。旦那様に損を被《こうむ》らせるとは、とんだ命知らずにございます」

喜七は、冗談ではなく、そう言った。


徳右衛門が去った河岸問屋の奥座敷に、孫左衛門は一人で座っていた。腕を組み、険しい顔で黙考している。

そこへ断りもなく踏み込んできた男がいた。裕福な商人ふうの、地味だが仕立ての良い着物をつけた五十男である。

男は孫左衛門と向かい合わせに座った。

孫左衛門が男に目を向けた。

「天満屋さん――」

天満屋は表情のない顔で孫左衛門を見つめ返した。

「江州屋さん、三国屋徳右衛門は帰りましたかね」

孫左衛門は溜め息をつきながら頷いた。

「倉賀野の宿場にお泊まりいただきますよ。あの様子では、事の真相を明らかにするまでは、決して江戸には戻らぬでしょうな」

そして天満屋を詰《なじ》るような目で見つめて、

「まさか、三国屋さんがご自分で乗り込んで来られるとは思わなかった」

再び嘆息した。

天満屋は何も答えずに、白い目で孫左衛門を見つめている。

孫左衛門は腹中に留めてはいられぬ思いを吐露し始めた。

「三国屋さんは、筆頭老中の本多出雲守様ともご昵懇《じっこん》なのですよ。江戸一番の札差です。御勘定奉行所とも繫《つな》がりが深い。手前どものような田舎の河岸問屋とは格が違う」

孫左衛門は懐から懐紙を出して、額の汗をぬぐった。

「そのうえ三国屋さんには、南町の八巻様という、凄腕《すごうで》の同心様が後ろ楯についていらっしゃるという。町方同心様でありながら、お大名家の剣術指南役様よりもお強いというではありませんか。お噂と武勇伝は、こんな田舎にまで轟《とどろ》き渡っておりますよ」

天満屋は微《かす》かに笑った。

「今の話を、三国屋の前ですれば良かった。三国屋は南町の八巻を、たいそう贔屓《ひいき》にしているから、喜んだことだろう」

孫左衛門はガックリとうなだれた。徳右衛門の前で見せた気丈さはどこにもない。

「そうと知っていたのなら、どうしてあのような謀《はかりごと》を勧めてきたのです」

恨みがましい目で天満屋を見る。

天満屋は、今度ははっきりと薄笑いを浮かべた。

「他に、しようがあったのかね？」

気品のある面相が、悪相に変わった。

「放っておいたら、どのような大騒動になったかわからない。公領がひっくり返るような騒ぎとなっていたに違いない。倉賀野の河岸問屋もお叱りを被る。いや、その前に一揆《いっき》の衆に狙われて、さんざんに打ち壊されたことだろうさ」

孫左衛門は何も言えない。天満屋はさらに続けた。

「元はといえば、老中同士の出世争いに端を発した話だ。松平相模守は面目を失い、本多出雲守は権勢を伸ばした。ならばこのツケは、本多出雲守に払ってもらうのが筋だろう？」

天満屋は近々と顔を寄せて、孫左衛門の目を覗きこんだ。

「それとも、他に思案があったのかね」

「いや……」

孫左衛門はうなだれたまま首を横に振った。しかし、「だけどね」と未練がましく続けた。

「なにも三国屋さんが札を差した米俵でなくとも良かったんだ。三国屋さんでは相手が悪すぎますよ」

「三国屋は出雲守の金蔓《かねづる》だ。三国屋に損を被《かぶ》ってもらうのが当然じゃないのか」

天満屋は気味の悪い忍び笑いを漏らした。

「徳右衛門がしつこく混ぜっ返してくるのなら、いくらでも打つ手はある」

「どのような手が？」

「徳右衛門も齢《よわい》七十だ。急ぎ旅は老体に堪《こた》えたことだろう。倉賀野でポックリ逝《い》ってしまったとしても不思議ではない」

「あ、あんた……！　まさか、徳右衛門さんのお命を、どうこうしようっていうおつもりかい！」

天満屋はニヤニヤと笑って即答せず、代わりに別のことを言った。

「ともかく、これで八巻を江戸から引きずり出すことができる」

「なんの話だね」

「南町の八巻は黙っていられまい。必ずや隠密廻同心となって、この地に駆けつけてくるはずだ」

「お、隠密廻同心だって！　人斬り同心の八巻様が、倉賀野に乗り込んでくると言うのかい！」

「本多出雲守と徳右衛門には、南町奉行所の役儀に容喙《ようかい》するだけの力がある。出雲守も徳右衛門も、辣腕の八巻を遊ばせておくはずがないのだ。必ずや、この地に送って寄越すであろうな。否、もうすでに江戸を発っておるかも知れぬぞ」

孫左衛門は正座をしていられなくなって、畳に尻を落とした。座った格好で腰を抜かした──みたいな格好だ。

「そ、そんな話は……聞いていない！」

天満屋はチラリと横目で、あざ笑うように孫左衛門を見ながら立ち上がった。

「八巻の介入を予見できなかった己の迂闊《うかつ》さを恨むのだね」

「なんてことだ！　お前なんかと手を組んだばっかりに……！」

ついにはすすり泣きを始めた孫左衛門を置き去りにして、天満屋は座敷を出た。

「さて、八巻め。今頃はどこの空の下にいることか」

独り言《ご》ちながら沓脱《くつぬ》ぎ石の雪駄《せった》に足を下ろし、庭に出て、姿を消した。

三

満徳寺の本堂の南側には寺役場という建物がある。

寺役場は町奉行所の白州《しらす》を模した造りとなっていて、駆け込み者の女人を詮議するために使われた。お奉行よろしく壇上に出座した寺役人が、白州に土下座させた女房と、その夫や親族たちから、家庭内の事情や問題点を訊《き》きだすのだ。

寺役人は三人ほどが常駐していて（時期によって増減がある）、うち二人は寺社奉行所の役人で、一人はなにゆえか、土地の百姓から選ばれた。武士階層には理解できない百姓社会の事情を、裁きに加味するためであろうか。

その三人がおおわらわとなって〝お白州〟に追われている。裁いても裁いても審議が終わらない。

駆け込み寺だからといって、即座に離婚を言い渡すことはしない。双方の話を聞き、非道なふるまいや心得違いをしている者があれば叱りつけ、改心させて、復縁させることを最上とする。犬も食わないとされる夫婦喧嘩を、将軍家の御位《おい》牌所《はいじょ》で仲裁しているようなものだ。

もっとも、そんな笑い話で済むような事例ばかりではない。あまりに深刻な人権侵害があった場合には、「どうしてこうなるまで見過ごしにしておいたのか」と、女房が暮らす村の名主（庄屋）まで呼んで、事情を質したという。村の管理は名主の公務だ。非道を見過ごしていたのであれば怠慢の罪に問われた。

徳川幕府は（同時代の諸外国と比較すれば）極めて律儀《りちぎ》で、生真面目《きまじめ》に民を思いやる政権であった。

しかしそれがゆえにお裁きは長期化しやすい。

（それにしても、これは、いったいなんとしたことか）

庄田朔太郎は呆れた。お裁きを待つ駆け込み女たちが、寺役場の外で列を作って順番を待っている。

そこへ梅白尼の仏弟子の、秀雪尼がやって来た。

「庄田殿。こちらへ」

なかなかに権高《けんだか》い口調である。朔太郎は秀雪尼が、梅白尼――大奥の中臈《ちゅうろう》時代の名はお梅ノ方――の付き人だったことを聞かされた。さすがに大奥勤めの奥女中だ。大検使程度では恐るるに足りないらしい。

「こちらに、臨時の白州を作り申した。大検使殿には、これにて吟味をお頼みいたす」

寺役場の横に客殿と呼ばれる建物があった。秀雪尼が客殿の床を指差した。一段下の三和土《たたき》には筵《むしろ》が敷かれ、駆け込み女が吟味されるのを待っていた。

朔太郎はここで駆け込み者を捌《さば》く役目を仰せつかったのだ。

(江戸から臨時の寺役人を呼ばねばならぬほどとは……)

とにもかくにも中に入ると、女房とその夫、家族が深々と土下座した。

朔太郎は裃《かみしも》の袴を折って着座した。腰の扇子《せんす》を抜き、右手に握って、膝の上で立てる。

「一同、面《おもて》を上げィ」

下ッ腹に力を籠めて言い放ちながら、

(こんなのはオイラの柄じゃねぇや)

と思った。

「いったい、何事が起こっているのでございましょうか」

朔太郎は梅白尼に質した。

本堂の横の広間で、梅白尼と対面している。梅白尼は床ノ間を背にして、整った美貌を斜めに傾《かし》げた。

「妾にも、わからぬ」

朔太郎は詮議に疲れて、いささか苛立《いらだ》っていた。女房も夫も、その家族も、手前勝手な物言いを主張するばかりで議論にならない。会話のとば口すら見つからない有り様だ。

それでも根気よく話を訊きだして、双方納得のゆくように図らねばならない。

縁切寺は公儀の救恤《きゅうじゅつ》(民の難儀への思いやり)のために置かれた機関だ。寺ではあるが実態は役所である。いい加減な断を下すことはできなかった。

「一時に、これほどまでの女房が婚家より逃げ出す、などという事態が、これまでにもございましたのでしょうか」

「ないな」

梅白尼は短く答えて、それではあまりにぶっきらぼうな物言いだと思ったのか、説明を始めた。

「妾もこの騒動には驚き呆れておる。そこで、文蔵《ふみぐら》に納められておった縁切り文《もん》書《じょ》を調べさせたのだ」

「して？」

「このような騒動は一度たりとも起こっておらなんだ。前代未聞じゃぞ」

梅白尼は剃り落とした眉を苛立たしげにしかめた。

「妾が住職を勤める代に、このような騒ぎが起こり、妾にとっては不面目。有体《ありてい》に申せば不愉快極まる。しかもじゃ」

火灯窓《かとうまど》の外から、駆け込み女とその家族たちの、罵《ののし》り騒ぐ大声が聞こえてきた。

「騒々しくてならぬわ。出来うるならば追い払ってやりたい」

「……公領で何が起こっておるのでしょう」

「わからぬ、と申しておるではないか。妾は江戸で育って、大奥に上がった。本来ならば一生御奉公のところを、御位牌所の住職を命じられて、この地にまいったのじゃ」

大奥の女人たちのうち、幕府の枢密に触れるほどに出世を遂げた者は、実家に帰ることが許されない。死ぬまで奉公をさせられる。それが一生御奉公だ。

江戸城から出ることすら原則的に不可能だ。満徳寺の住職を命じられた梅白尼は、極めて稀《まれ》な事例といえた。

「妾はこの地の事情には、まったくといって良いほどに通じておらぬ。塀の外がどうなっておるのかなど、どうしてわかろうものか」

大奥の中﨟として栄耀栄華《えいようえいが》を極めたかに見える梅白尼であったが、その実は、牢獄の囚人と変わりがなかったのだ。

「御意にございまするな」

庄田朔太郎は頭を下げた。

「なれど妾とて、まんざら馬鹿ではない。寺の外で容易ならぬ出来事が起こっているのであろう、ぐらいのことは察しがついた」

「ご賢察にございまする」

「そこで寺社奉行所に使いを送り、役人を送ってくれるように頼んだのだ。而《しこう》して推参したのがそなたじゃ。庄田朔太郎」

「ハハッ」

「何事が起こっておるのか、妾の代わりに調べて参れ。この有り様を見過ごしにしてよいとは思われぬ。下手をすると将軍家御位牌所の面目を損なうことになるやも知れぬ」

「いかにも、庄田朔太郎、同意にござる」

「ならば行け」

梅白尼は手を振った。

朔太郎は、

「承知仕《つかまつ》りました」

と、両手をついて平伏した。


朔太郎は袢を脱いで野袴に穿《は》き替え、草鞋を履いて外に出た。

(あの尼僧、尼さんをさせておくのはもったいないないな)

などと思った。

梅白尼は、歴代将軍の菩提を弔う重責を任されている。これ以上〝もったいない〟仕事は他にあるまい、というものだが、朔太郎もまた変わり者だ。

「町奉行所の役人でもやらせれば、良い働きをしそうだぜ」

などと独語した。

「さて、御下命《ごかめい》とあれば、身を粉《こ》にして働かにゃあなるめぇ」

朔太郎は、供の者たちを呼び集め、山門をくぐって外に出た。

四

「ああ、腹が減ったなぁ……」

由利之丞はだらしのない姿で、ヨロヨロと街道を歩き続けた。

大飯食らいの由利之丞は、体質的に空腹に弱い。腹を減らすと頭がクラクラしてくる。

雨は止んでいたが、歩を進めるたびに地面の泥が撥ね返ってきた。着物は泥だらけだ。派手な振り袖が台無しであった。

「弥五さん、どこへ行っちまったんだよォ」

見渡す限りの平野と田圃《たんぼ》。所々に集落や林が見えるだけだ。どこまで行っても風景に変化がないのは辛い。歩く気力が萎《な》えるばかりであった。

「ともかく、弥五さんを見つけないことには、飢え死にしちまうよ」

不安と恐怖が由利之丞を突き動かしている。昨夜、水谷弥五郎から為替を受け取ったはずなのだが、目が覚めて気がつくと消え失《う》せていた。どうやら枕探しに盗られてしまったらしい。旅籠代だけは手持ちの小銭で支払ったが、それで有り金のすべてが尽きた。いまや由利之丞は一文なしであった。

（弥五さんが見つからなかったら、どうなっちまうんだ）

江戸まで歩いて帰るのか。飯も食わずに野宿で。

季節が良ければまだしも、梅雨時である。由利之丞は図太いように見えるが、生粋《きっすい》の江戸者であった。野外で雨に打たれながら眠るなんてことができるとは思えなかった。

どう考えても、衰弱しながら野垂れ死にするとしか思えない。

（こうなったら、宮地《みやじ》芝居でもなんでも、やってやろうか）

宮地芝居とは、俗に言う、ドサ廻りの旅役者のことである。

自分は江戸の芝居者だ。そこらの広場で唄って踊れば、いくらでも投げ銭を頂戴できる、という自負はあった。

「だけどなぁ……」

江戸の芝居者の間には、宮地芝居に堕《お》ちた者は、二度と江戸三座の舞台は踏めないという不文律《ふぶんりつ》があった。江戸三座の歌舞伎は公儀の御免を蒙《こうむ》った官許芝居である。幕府の許しを受けている――というのは、この時代では、輝かしい名誉であった。『旅芸人などと一緒にされては困る』というのが江戸三座の矜持《きょうじ》であり、『旅芸人とは一線を画すように』というのが、幕府の御下命でもあった。

（いくら腹が減ったって、宮地芝居の真似事だけはできないよな）

由利之丞はフラフラになりながら考えた。

（それにだ、土地の親分衆に断りもなく、投げ銭なんかを稼いだら、どんなお仕置きをされるかわからねぇ）

大道で芸を見せる者は、地元の親分に挨拶をしてから稼業に励む、というのが、渡世の習わしだ。この習わしを破った者には凄《すさ》まじい制裁が加えられた。

（挨拶をしようにも、伝《つて》がねぇ……）

考えれば考えるほどに追い詰められていく。

（もうこうなったら、寺の坊さんの色小姓《いろこしょう》でもなんでもいいよ。誰か飯を食わせてくれ！）

泣きわめきたい気分で由利之丞は歩き続けた。

街道の先に集落が見えてきた。

「鴻巣《こうのす》宿か……」

大宮宿を発って、上尾《あげお》宿、桶川《おけがわ》宿と、通りすぎたはずである。

（それなら次は鴻巣だ……。なんてぇ遠くまで来ちまったんだ）

江戸者の由利之丞にとっては地の果ても同然。それぐらいに不案内な土地柄であった。

宿場の端には木戸がある。木戸とはいうが扉はない。誰でも自由に通行できた。関所ではないので、役人の手形改めもなかった。太平の世ならではの光景だが、

（どうしてお役人様がいねぇんだよォ）

今の由利之丞にとっては恨めしい限りだ。

（お役人様がいたら、『オイラは南町の八巻様の手下《てか》だ』と言って、番小屋の飯にありつけたのに……）

評判の辣腕同心、八巻卯之吉の手下を邪険に扱う役人はおるまい。

ただし、由利之丞の物言いが信用されれば、の話だが。

由利之丞は宿場に入った。旅籠からは飯を炊く匂いが漂ってくる。茶店では団子に醬油《しょうゆ》をつけて焼いていた。

腹がキュルルッと鳴いた。拷問《ごうもん》に近い仕打ちであった。

（もうダメだ……。かっぱらいでもするか……。いや、駄目だ、今のオイラの足じゃ逃げきれない……）

様々な思いが去来した、その時。

「やい手前《てめ》ェ、そこで何をしていやがる」

ドスの利き過ぎた声が降ってきた。由利之丞は自分に向かって言われたとは思わず、フラフラと歩き続けた。

目の前に、人影が立ちふさがった。

「聞こえねえのか。手前ぇ、由利之丞だろう」

ハッとして目を向ける。暈《ぼ》けた視界に凄みのある顔がいっぱいに広がった。

「荒海の親分さん！」

由利之丞は喉の奥から、言葉にならない声を絞り出した。

「うあああっ」

そして三右衛門にヒシッとしがみついたのであった。

由利之丞は、鴻巣宿を仕切る博徒の店の、台所に入った。表向きには荷運びの人足を手配する商いをしているようだが、裏にはお決まりの賭場《とば》があった。さらには女郎屋も営んでいる様子であった。

台所の板敷きで、由利之丞は飯をかっ食らった。

「もっと落ち着いて食いなよ」

給仕をしてくれたのは白首《しらくび》の遊女だったが、由利之丞の不作法な食いっ振りに、呆れたを通り越し、哀れむような目を向けていた。

三右衛門がやって来た。

「ああ、親分さん」

さすがに由利之丞は居住まいを正し、食いかけの椀と箸を膝の横に置いて、頭を下げた。

「お陰さまで助かりました」

それから台所を見回して、

「ところで親分、こちら様とは、どういった関わりなんで？」

三右衛門はドッカリと腰を下ろしてから、答えた。

「古くからの馴染みが仕切ってる賭場だよ。……昔は俺もワルでなぁ。ここいら辺りじゃあ、さんざん無茶をやらかしたもんだぜ」

（今でも十分にワルだと思いますけど）と思ったのだが、口に出すのはやめておいた。

「それで手前ぇ」

三右衛門が顔を斜めにして由利之丞の顔を覗きこんできた。

「この街道筋で、いってぇ何をしていやがったんだよ？」

「え？　えぇと……」

由利之丞はちょっとだけ思案した。三国屋の徳右衛門が、中山道を旅していることを伝えて良いものだろうか。

周囲にチラリと目をやった。ここはヤクザ者の塒《ねぐら》だ。目つきの悪い若い者たちが出入りしているし、台所で飯を炊いている女たちも、いかにもの悪女ヅラであった。

（ここの親分さんが、荒海の親分の兄弟分だったとしても……油断はできないな。三国屋の大旦那のことは、隠しといたほうが良さそうだ）

由利之丞なりに判断した。

「江戸にいても良いことが何もないからさ、弥五さんと二人で願掛けの旅に出たんだよ」

「願掛けだとォ？」

「そうそう。霊場巡りってヤツ……」

三右衛門は由利之丞が嘘をついていることを一発で見抜いた様子であったが、三右衛門もまた、この一家の者たちを信用しきってはいないらしい。

「ああ、そうかよ。奇特なこったな」

この場は納得したふりをした。

「それで、水谷センセイはどこに行ったんだ」

「はぐれちまったんだよ。それで、路銀もなくて困ってたんだ。親分に声を掛けてもらって命拾いをしたよ」

「大袈裟だな。江戸まで歩いて帰ればいいだけの話だろう」

博徒や渡世人は、飲まず食わずでどこまでも旅をする。

今度は由利之丞が三右衛門に訊ねた。

「それで、親分は何をしているの」

「俺か？」

三右衛門は胸を張った。

「八巻ノ旦那の先触れだよ。旦那の露払いで、一足先に関八州に乗り込んで来たってわけだ」

「えっ、若旦那が来るのかい？」

「おうよ。隠密廻同心サマにご出世なさったんだぜ」

その役には前にも就いていたので、出世とも言い切れないのだが、それはさておき、由利之丞は勢い込んで身を乗り出した。

三国屋の徳右衛門よりは、よほど頼りになる〝旦那〟だ。金離れの良さは天下一品である。

(そういうことなら、若旦那のために働こう。そっちのほうがずっといいや)

由利之丞は皮算用を働かせた。

(第一、オイラの足で倉賀野まで行くのは無理だよ)

歩き旅の辛さがほとほと身に沁みた。

「若旦那は、どこにいるの?」

息せき切って訊ねると、途端に三右衛門が渋い顔つきとなった。

「それがな……、江戸を出たことまではわかってるんだが……」

続きは、由利之丞の耳元に顔を近づけて囁く。

「お姿を晦《くら》ませちまったのよ。お得意の神出鬼没だ」

(いや、そうじゃなくて、どこぞの宿場で遊んでいるに違いないよ)

そう由利之丞は思った。

由利之丞は卯之吉の本性を知る、数少ない人物の一人である。

一方、何も知らない、気づいていない三右衛門は、腕組みなどして思案顔だ。

「文字どおりの隠密働きで、騒動の裏を取っていなさるんだろうが、気が揉めるぜ。旦那のお腕前なら、悪党どもに後れを取ることたぁねぇだろうけどよ……」

卯之吉のことを剣豪だと信じきっているのである。

(それはいけないよ)

由利之丞は柄にもなく心配になった。

(お供は銀八さん一人だけだろう?)

卯之吉と銀八が二人揃っても、半人前にも達していない。

(悪党たちが何もしなくても、勝手に川に嵌《は》まったり、深い穴に落っこちたりしちまうよ)

生きて江戸には戻れまい。

「ねぇ親分、こうしちゃいられないよ。すぐにも若旦那を見つけ出さないと」

三右衛門はちょっと唇を尖《とが》らせた。

「手前ぇの指図を受ける謂《いわ》れはねぇぞ」

「親分は八巻様の一ノ子分だろう?　旦那のお傍についていないってのはおかしいよ」

「む……?　それは手前ぇの言うとおりだが」

「探そう。すぐに。荒海一家の子分衆も連れてきてるんだろ？　四方八方に走らせようよ！」

「いつから手前ぇは荒海一家の軍師に収まりやがったんだよ！……しかしまぁ、その物言いはもっともだ」

立腹したり納得したりしながら、三右衛門は江戸から連れてきた子分を呼んだ。

「やいっ、常次《つねじ》！　子分どもを集めろ。手前ぇらはこれからひとっ走りだ。関八州を巡って、八巻ノ旦那を見つけ出してこい！」

由利之丞の耳には無茶な言い付けのようにも聞こえたが、常次は驚きも困惑もせずに頷いた。

「八巻ノ旦那にゃあ、銀八の野郎がついてるはずですな。なら難しいことはねぇや。街道筋の者も、渡し場の船頭も、きっと銀八を見覚えているはずですぜ」

宿場や渡し場で働く者たちは、旅人の人相を検《あらた》める役目を命じられている。手配書や人相書きの回された凶賊を捕まえるためだ。

「銀八のツラと物腰は、一度目にしたら忘れるもんじゃねぇですぜ」

銀八を見たという者を探し出して行けば、いつかは卯之吉にたどり着けるはずだ。それが常次の目論みであった。

常次は勇躍、表に走り出ていった。荒海一家の子分たちを集めて回る。

「俺たちもこうしちゃいられねぇぞ」

三右衛門は帯の位置をグイッと下ッ腹に戻しながら立ち上がった。

「手前ぇも来いッ」

由利之丞に命じた。

「えっ、オイラもかい」

由利之丞は食いかけの椀に名残惜《なごり》しそうな目を向けた。

「当たり前ぇだ。一飯《いっぱん》の恩に報いやがれ」

「まだ一飯の半分が残ってるよ」

「ツベコベ抜かすな。八巻ノ旦那にはさんざん借りを作っていやがる手前ぇじゃねぇか」

確かに、ここで置いてきぼりを食らわされたら、また一文なしの旅に戻らなければならない。三右衛門から離れることはできなかった。

三右衛門は由利之丞の装束を見た。

「その振り袖姿じゃ、どうにもならねぇぞ。別の着物を借りてやる」

三右衛門は台所の女を呼んで、古着を出してくれるように頼んだ。

「やれやれ。とんだことになった」

由利之丞は肩を落とした。

気の短い三右衛門はすでに、台所口から表の街道に飛び出している。

（あれは……、荒海一家の三右衛門だ！）

表道に出てきた三右衛門の姿に、石川左文字が気づいた。

三右衛門は街道の左右に鋭い眼を向けている。さすがは世に名の通った大親分で、たいした貫禄《かんろく》を見せつけていた。

石川は中山道を挟んだ向かいの旅籠に入り、座敷の窓を細く開けて見張っていたのだ。

（荒海一家が江戸を離れた、ということは、八巻め、元締とお峰の策にまんまと引っ掛かって釣り出されたってことだな）

その八巻はどこにいるのか、と思っていたら、旅姿の、痩せた男が外に出てきた。

（あれが八巻か！）

古びた着物と合羽《かっぱ》を身に着け、汚れた三度笠を被《かぶ》っている。笠の下から色白のほっそりとした貌《かお》が覗けていた。

（間違いない！　南町の八巻は役者のような男だと言われておる）

石川は確信した。

石川も、甲州街道での騒動で、八巻の姿を目にしていた。しかし、剣客同心に近々と寄ることはできずに、遠望するだけに留めた。八巻の人相をはっきりと見定めたわけではなかった。

果たして本当に八巻かどうか、不安もあったのだが、

（荒海ノ三右衛門と共に旅する役者のような男……。うむ、八巻に相違ないぞ！）

渡世人のような古着を着ているが、まったく似合っていない。いかにも隠密廻同心の変装に思えた。

ついに八巻が中山道に姿を現わした。石川は、天満屋がつけてくれた若い小悪党を呼んだ。

「あいつが八巻だ。あの顔を良く見覚えておけ」

小悪党は障子の隙間から恐々と覗いた。

「あれですかい。噂どおりの優男《やさおとこ》ですな」

「優男と見て油断はするな。あの細腕から繰り出される居合斬りは電光石火の早業《はやわざ》。誰も勝ち得ぬ。悪名高い剣客浪人たちが、ことごとく斬り捨てられてきたのだ」

小悪党は恐怖に身を震わせた。石川は小悪党を小突いた。

「ここは俺に任せて、お前は元締に報《しら》せてこい」

「へ、へいっ……！」

小悪党は急いで裏口へと走った。

「おのれ八巻め！　どうやって討ち取ってくれようか」

石川は口惜しそうに唸《うな》った。

第五章　中山道倉賀野宿

一

どんよりとした雨雲が低く垂れ込めている。昼だというのに倉賀野宿は夕方のような薄闇に包まれていた。

「なんとも剣呑《けんのん》な感じでございますよ……」

雪隠《せっちん》から戻った喜七が言った。

徳右衛門は本陣の座敷に陣取っている。文机《ふづくえ》に大福帳と算盤《そろばん》を並べて帳合《ちょうあい》（記帳）をしていた。倉賀野の御蔵屋敷に仕える、三国屋の出店《でみせ》から取り寄せた台帳を細かく検《あらた》めていたのだ。

徳右衛門はチラリと目を上げて喜七を見た。

「なんだね、雪隠から化け物でも出てきたのか」

「それだったら、とっ捕まえて両国の見世物小屋に売り飛ばし、今度の旅の路銀にいたしますがね……」

喜七は恐々と、障子の向こうの廊下に目を向けた。

「なんだかこの宿場そのものが、大旦那様と手前に意趣を向けているような気がいたしましてね、怖くてならないのですよ」

徳右衛門は「フン」と鼻を鳴らした。

「江州屋孫左衛門があたしの米俵をどうこうしたっていうのなら、河岸にも、宿場にも、一味同心《いちみどうしん》の者がいることだろう。江州屋の一存でできる悪事じゃないからね」

「大旦那様！」

喜七が小走りに寄ってきて、正座した。

「この宿場に身を置いているのは危のぅございますよ！　悪党の根城で寝起きをしているようなものでございます！」

「よそへ移れと言うのかい」

徳右衛門は筆を動かしながら訊《き》き返した。

「大旦那様は江戸に戻られて、後のことは、番頭衆や手前どもに任せられたほうがよろしゅうございます」

「馬鹿を言うんじゃない。消えてしまったのはあたしの米俵だよ」

正確には徳右衛門の米俵ではなく、三国屋が商うことを命じられた年貢の米俵なのだが、訂正はしないで、喜七は訴えた。

「あまりにも剣呑にございますよ！　船一艘分の米を隠すことができるのだとしたら、大旦那様やあたしの身を、どうこうできないはずがございません！」

「殺して川に流してしまえば、鱗《うろくず》の餌《えさ》だ。二度と浮かび上がることはあるまいね」

「そこまでわかっていらっしゃるのなら――」

「落ち着きなさい」

徳右衛門は筆を置いて、喜七に向かって膝を向けて座り直した。

「倉賀野宿と、岩鼻《いわはな》のお代官所とは、目と鼻の先だ」

岩鼻代官所は上野国（上州）の公領を治めるためにある。

「しかもだ。倉賀野宿は御公儀がお定めになった五街道の宿場だよ。無法がまかり通るわけがない」

「左様にございますが大旦那様、現に御蔵米は消え去りましたよ！」

「御蔵米を盗んで隠したのは川筋でのことだろう。川の縁《ふち》でなら人目につかない場所はいくらでもある。いくらなんでも、中山道の御本陣で、あたしたちを手にかけることなどできるものか」

「はぁ……」

喜七はまだ、納得していない顔つきだ。

「でしたら、この件は、岩鼻の御代官所にお任せする、というのは？」

「馬鹿を言うんじゃないよ！」

徳右衛門は激怒した。

「ここでお役人様を頼ったりしたら、札差としての三国屋の面目《めんぼく》が丸潰れじゃないか！　御蔵米を扱う才覚はございませんと、こっちから訴えを上げるようなもんだ！」

徳右衛門はプンプンと怒りながら帳合に戻った。こうなると喜七では、どうしようもない。

（水谷様は、何をなさっておいでなのでしょう）

せめて用心棒が傍《そば》にいたら、多少は心強いのだが。

（それと、若旦那様も）

卯之吉に説得を頼めば、徳右衛門を翻意《ほんい》させ、江戸に帰すことができるかも知れない。

などと一瞬思ったものの、

（あの若旦那様が、ここまでまっすぐに足を運んで来られるはずがない）

途中途中の宿場で宴《うたげ》を繰り広げ、倉賀野に達する頃には、梅雨があけて夏になっているはずだと思った。


楡木ノ隠仁太郎は、通りすがりの旅人のような顔をして、倉賀野宿を通過した。それから身を翻《ひるがえ》して、街道に戻ると仲間の許《もと》へと戻った。

遠藤と相撲取り崩れの多々良山、そして水谷弥五郎の四人は、街道筋に放置された地蔵堂の中に隠れていた。都合の良いことに小雨が降っている。雨宿りをしているふりをして、人目を誤魔化すことができた。

「宿場の様子はどうであった」

剣客浪人の遠藤が質《ただ》した。

「さすがにてぇした羽振りでしたぜ。人足や水夫《かこ》どもでごったがえしておりやした」

面相を隠すために深々と被《かぶ》っていた笠を隠仁太郎は取った。

遠藤は苦々しげな顔をした。

「厄介だな。三国屋は本陣に泊まっておるという話ではないか。この地は岩鼻の代官所にも近い。騒ぎを起こせば、たちどころに捕り方どもが駆けつけて来ようぞ」

「遠藤の言うとおりだぞ、隠仁太郎」

水谷も悪人ヅラを取り繕って(元から悪相の持ち主なのだが)訊ねた。

「策を練り直さねばなるまい。なんぞ良き思案はあるのか」

隠仁太郎はニヤリと笑った。

「ありやすぜ、旦那方。もう間もなく、倉賀野宿は、上を下への大騒動になるはずなんで」

水谷は眉根を寄せた。

水谷弥五郎は、悪党どもの策略を暴き次第、徳右衛門に繋《つな》ぎをつけるつもりでいる。

「しかしだ、隠仁太郎。もはや我らの敵は徳右衛門だけではない。岩鼻代官所も出し抜かねばならぬ。そのような事ができると申すのか」

水谷が話を向けると、遠藤も大きく頷《うなず》いた。

「こやつの言うとおりだ。我らは四人。代官所の捕り方をどうこうできる人数ではない。それとも、どこぞに大人数の味方がいるとでも抜かすのか」

「へへっ。実はそうなんで」

隠仁太郎は、いかにも得意気な顔つきで答えた。遠藤はムッとした様子だ。

「どこにおると申すか」

「それが貴様の企みの眼目《がんもく》か」

水谷も問う。なんとしても、秘策の中身を訊き出さねば、と考えて、遠藤の尻馬に乗って迫った。

「まぁまぁ、落ち着いておくんなせぇよ旦那方。岩鼻代官所を出し抜く策はごぜぇやす。間もなく代官所の役人どもは、てんてこ舞いになって、河岸や宿場の見張りどころじゃなくなるんで」

「勿体《もったい》をつけるな！」

気短な遠藤が怒鳴った。

「何を起こすのか、それだけ言え！」

「あっしが騒動を起こすんじゃねぇんで」

隠仁太郎は、遠藤の顔を覗きこんだ。

「旦那は、神憑《かみつ》きの行列ってのを、見たことがごぜぇやすかい？」

「神憑きだと？」

「そうなんで。今、神憑きサマの行列が、街道を下ってる」

水谷が代わりに頷いた。

「その話なら道々耳にした」

中山道でも大きな騒ぎになっていたのだ。

「どこかで追い抜いたようだな」

「神憑きサマの御神輿《おみこし》にゃあ、足弱の年寄りも混ざっていやすから、足は遅いんでございましょう。あの手合いは、道中手形も持たずに旅をしやすからね。手形を持たねぇ者は、宿場の旅籠にゃあ泊まれねぇ。どこぞの寺の境内ででも、宿借りをしたんでござんしょう」

その間に、徳右衛門の早駕籠《はやかご》や、水谷たちが、先に上州へ到着したのだ。

「その御神輿が、間もなくこの地にやってめぇりやす。大人数で雪崩《なだれ》込んで来やがったら、代官所はどうしやすかね」

「ふん、そういう策か」

遠藤はつまらなそうに答えたが、納得はしたようだ。

隠仁太郎は得意気な顔だ。

「百人からの連中が、気持ちの悪い祝詞を唱えながらやってくるんですぜ。倉賀野の宿場役人も街道に駆り出されて、宿場の見張りどころじゃねぇでしょう」

「その隙《すき》に徳右衛門を攫《さら》うわけだな」

「そういうことですぜ遠藤先生。水谷先生も、よろしいですかい？」

水谷は「その策でかまわぬ」と答えた。

隠仁太郎は多々良山にも顔を向けた。

「お前《め》ぇはどうだい」

多々良山は眠そうに目を擦った。

「オイラには難しい話はわからないから……。先生方が、いいって言いなさるんなら、それでいいよ」

本当に居眠りをしていたらしい。

「こやつ、たいした肝の太さだ」

遠藤が、呆れているのか感心しているのか、どっちとも取れる口調でそう言った。

二

雨雲は低く垂れ込め、陰鬱《いんうつ》な雨がシトシトと降り続いていた。

「ひと、ふた、みよ、いつ、む、なな、や、ここのたり……」

低い声で唱えられる祝詞が、潮騒のように響いている。

武蔵国比企郡《ひきぐん》にあるその村は、中山道から西へ三里ほど外れた場所にあった。

名主屋敷の藁葺《わらぶ》き屋根は、古びて黒ずんでいた。外壁の壁板も黒々と濡れている。

色彩を失った景色の中に建つ、影のような屋敷。その周りを取り囲んだ者たちは、雨に濡れることも厭《いと》わずに、祝詞を延々と唱え続けている。

名主屋敷の奥座敷には、名主が静かに横たわっていた。

齢《よわい》は六十ほどであろうか。白髪頭で、顔には深く皺《しわ》が刻まれている。げっそりと痩せ衰えて眼窩《がんか》は落ち窪《くぼ》み、唇は乾いてひび割れて、喉は筋ばかりが浮き上がっていた。

名主はわずかに呼吸を繋いでいる。その顔つきは妙に安らかであった。

名主は村の代表として百姓たちを束ね、年貢の納入にも責任を持つ。幕府の〝見做《みな》し役人〟である。身分は百姓だが、苗字帯刀も許されていた。

村の権力者が横たわった枕許には、緋袴《ひばかま》を穿き、千早《ちはや》を着けた少女が無言で座っていた。

さらには下座に名主の内儀と、息子が控えていた。

内儀は袖で目頭《めがしら》を押さえた。

「あれほどに苦しみ、のたうちまわっていた旦那様が、今ではこんなに安らかなお顔に……」

名主の息子は四十ばかりの中年男だったが、感に堪えない顔をしている。

「それもこれも、お神代《かじろ》様の御神徳にございます……」

名主の内儀と息子は、巫女《みこ》装束の娘に向かって深々と低頭した。

巫女装束の娘――神代は、耳が聞こえぬかのように、表情も変えず、視線すら動かさずに、じっと名主を見つめている。その表情からは何も読み取れない。能面のような無表情だ。

部屋の隅の暗がりには、もう一人、別の女が座っていた。その女が、神代に代わって答えた。

「名主様は、お神代様のお導きで天界に向かわれまする。穏やかなお顔は、その表れにございます。現《うつ》し世《よ》のすべての苦役、病苦から逃れることが叶《かの》ぅたのでございます。ふるべゆらゆらとふるべ……」

「有り難や！　勿体なや！」

内儀と息子は感涙に咽《むせ》んで、何度も何度も、神代を伏し拝んだ。

部屋の隅の暗がりにいたその女は、静かに奥座敷を出て、名主屋敷の台所に向かった。

台所の板敷きでは、色白の肌、栗色の髪の男が、端正に座って、黙々と飯を食べていた。

その男——大橋式部がチラリと横目を女に向けた。女が台所口から外へ出ていくと、箸と椀を置いて、自分も戸外に出た。

小雨が降っていたが、笠を被るほどでもない。二人は二間ばかりの距離を置いて畦道《あぜみち》を歩き、やがて、田圃《たんぼ》の真ん中で足を止めた。

「ここなら、盗み聞きされる心配もいらないねぇ」

周囲はぐるりと田圃である。誰かが身を隠す場所もない。

女――お峰は、稲荷《いなり》の狐のような顔で妖しく笑った。

「たいした効き目だよ、あんたの薬は。名主は仏様みたいな顔で眠ってるさ」

大橋式部は、実につまらなそうな顔をして、お峰とは目も合わせない。

「きつい阿片《あへん》の液を飲ませただけだ。病が治ったわけではない。間もなくあの老人は死ぬ」

「そうかえ」

「隔《カク》（胃癌）だ。治る見込みはない」

「だけど、あんなにもがき苦しんでいたのが、嘘のように静かになったよ」

「阿片の毒で痛みを感じなくなっているだけだ」

「それにしたって不思議じゃないのサ。まるで神がかりだよ」

お峰は「フフフ」と笑った。

「それを神憑きサマの御利益だと思っているんだから、内儀と倅《せがれ》も、とんだ愚か者さ」

「そうやって愚人を騙《だま》して、祈禱《きとう》料を搾《しぼ》り取ろうという魂胆《こんたん》か」

お峰は「フン」と鼻先で笑った。

「冗談じゃない。あたしが企んでいるのは、そんなちっぽけな騙《かた》りじゃないのさ。もっとも——」

信者たちの上げる祝詞の声が響いてくる。

「あれだけの人数を食わせていかなくちゃならないからね。名主屋敷には、米を出してもらうよ」

「名主の家族も、行列に加わりそうだな」

「行列は、もっともっと膨れ上がるさ。お神代様の御利益でね。あんたも精々、薬の調合を頼むよ」

「これからどこへ向かうのだ」

「さぁてね。あたしにもわからない」

大橋式部はお峰を見つめた。しばらく無言で突っ立っていたが、やがて、ポツリと口を開いた。

「そなたは、もしや、本当に浄土《じようど》を探しておるのではあるまいな」

「なんだって」

お峰はジロリと大橋式部を見た。式部は雨の中にユラリと立っている。

「関八州を、浄土にしようとしておるのだとしたら、とんだ無駄骨《むだぼね》だぞ」

「なにを言ってるんだい、お前さんは」

大橋式部は口を閉ざした。それきり、何も言わなかった。

「もう歩けないよ。足が棒みたいだ。足の裏の皮だって破けまくってるよ」

由利之丞は延々と泣き言を漏らした。

中山道を旅している。どこまでも続く平野の中を歩き続けた。由利之丞の根気はすっかり無くなっている。

二間ほど前を、荒海ノ三右衛門が、短い足をセカセカと動かして歩いていた。

「待っておくれよ親分。そんなに急がなくたっていいじゃないか。……まったく、宿場で一休みすら、しないんだもんなぁ」

「うるせぇ！　ぶん殴るぞ！」

三右衛門が振り返って怒鳴りつけた。満面が朱に染まっている。由利之丞の意気地のなさにはウンザリ、という顔つきだ。

侠客にしろ武士にしろ、男伊達《だて》の本分は痩せ我慢である。それが男というものだ。人前で平然と泣き言を漏らす由利之丞という存在自体が信じられない。三右衛門からすれば、羽根の生えた犬を目撃したような心地であった。

「いってぇなんなんだ、手前ぇってヤツは」

「オイラはオイラだよ。ねぇ親分、舟に乗って行こうよ。川船が川を上り下りしているじゃないか。乗合船を使えば、歩かずとも旅ができるってもんだよ」

「馬鹿ァ抜かせ。舟なんぞに乗っちまったら、俺の子分どもが俺に繋ぎをつけられなくなっちまうだろうが」

街道の前後には子分たちを放っている。子分たちは三右衛門が街道を移動していることを念頭に、三右衛門の許に戻ってくるのだ。

「あとちょっとで倉賀野宿だ。辛抱しやがれ」

「倉賀野の前に新町《しんまち》宿があるじゃないか。まだ二駅も先だよ」

駅とは宿場の別称である。

「ああ、もう歩けない！」

子供のようにその場にへたり込んだ由利之丞に激怒して、拳骨でも足蹴《あしげ》でもくらわしてやろうか、と思い、歩み寄った三右衛門の目に、街道を走り来る子分の姿が飛び込んで来た。

「おう、常次か」

由利之丞も目を向けて、

「オイラは一休みさせてもらうよ」

報告が終わるまでの間、道端の石に腰掛けた。

「親分、面目ねぇ」

常次は切なそうな顔で走ってきて、頭をペコリと下げた。三右衛門の前に片膝をついた。

「八巻ノ旦那のお姿が、まだ、見つからねぇんで」

「なんだと。どうなってるんだ。調べのついたところまで言ってみろ」

「へい。旦那と銀八が、深谷宿の旅籠を、夜中に発ったことまでは、わかったんですが……」

「旅籠を夜中に発っただと？」

「旦那のことだ。目敏《めざと》く悪党を見つけ出して、後をつけたんじゃねぇのかと」

「おう。きっとそれだ」

「それきり、旦那も、銀八の野郎も、消え失《う》せちまった。二人を見かけたって野郎が、どこにもみつからねぇんで」

「川にでも落っこちたんじゃないのかい。川下を探しなよ」

そう言ったのは由利之丞だ。

「馬鹿野郎ッ」

三右衛門が怒鳴り返した。

「旦那に限って、そんなドジを踏むもんかよ！　旦那は江戸でも五本の指に数えられようかってぇ剣豪サマだぞ！」

「いや、それは……」

違うと思ったけれども、ここで説明するのも面倒臭い。なにしろ由利之丞は疲れきっている。

三右衛門は由利之丞のことは無視することに決めたようで、常次に顔と身体《からだ》を向けた。

「悪党を追ってお姿を隠した旦那を見つけ出すのは、俺たち子分でも難しいぜ」

卯之吉は、毎晩のように三国屋の若旦那に戻って、遊蕩三昧《ゆうとうざんまい》を繰り広げていた。その間、南町奉行所の同心八巻はこの世から忽然《こつぜん》と消え失せてしまう。三右衛門たちが〝神出鬼没〟と言っているのはそのためだ。

「ようし、俺は倉賀野宿に向かう。倉賀野宿には三国屋の大旦那が来ていなさるはずだ」

荒海一家は、三国屋の手助けを卯之吉から命じられて、旅して来たのだ。

「旦那もいずれは倉賀野宿にお姿を現わすこったろうぜ。旦那がこの三右衛門の手助けを必要となさる時に、すぐに見つけてもらえるようにしておかねぇといけねぇ」

常次は大きく頷いた。

「倉賀野に根城を構えるってこってすな」

「そのとおりだ。子分どもに報《しら》せとけ」

「合点だ」

常次は走り去った。

三右衛門は由利之丞を睨《にら》みつけた。

「さぁ立ちやがれ！　出立《しゅったつ》だ」

由利之丞はヨロヨロと立った。

「倉賀野宿に行くんだろ。だったら烏川を舟で遡《さかのぼ》ったほうが早いよ」

「江戸から出たこともねぇ芝居野郎が、知ったふうな口を利くんじゃねぇ！　歩くぞ！」

三右衛門は短い足を足早に動かして進んでいく。由利之丞は「ああ嫌だ」「疲れちまってもう駄目だ」などと言い続けながら、その後を追った。

三

三右衛門と由利之丞は倉賀野宿に入った。

「なるほど、田舎にしては、たいしたものだね」

宿場の繁栄ぶりを見て、由利之丞はそう呟《つぶや》いた。

もちろん、江戸で育った由利之丞の目で見れば、小さな小さな町である。しかしそれでも、これまで街道で目にしてきた宿場や農村に比べれば、はるかに栄えているとは言えた。

「これなら、多少はマシな飯や寝床にありつけそうだよ」

「何を抜かしていやがる。一文なしの分際で」

三右衛門が叱りつけた。なんのかんのと言いながらここまで面倒を見て、由利之丞を連れてきたのは、三右衛門が生粋《きっすい》の親分肌だからだろう。若い者を見捨てることができない性分なのであった。

人足と馬と水夫《かこ》とでごった返す宿場の向こうから、荒海一家の子分の一人、粂五郎が走ってきた。

「親分、お早いお着きで」

意味ありげな顔をして、物陰に引き込もうとする。三右衛門もそれと察して、宿場の外れの神社の陰に移動した。由利之丞も含めた三人で、社《やしろ》の裏の暗がりに踏み込んだ。

「なんだか妙ですぜ」

声をひそめて粂五郎が訴えた。

「宿場の野郎どもが、妙にピリピリしていやがるんで」

三右衛門は眉根を寄せた。

「宿場の野郎どもってのは、誰のことでぃ」

「問屋場の役人衆はもちろん、賭場《とば》の男衆まで、みんなひっくるめて、でさぁ」

「どういうわけでだ」

「わからねぇ。なんだか喧嘩出入りの前みてぇな物々しさですぜ」

「そいつぁ剣呑だな」

粂五郎は荒海一家の生え抜きではない。あちこちの賭場や、親分衆の下を流れ歩いてきた。それだけに、周囲の微妙な変化を読み取るだけの目は持っている。

三右衛門はちょっと考えてから、質した。

「三国屋の大旦那はどうしていなさる」

「御本陣に泊まっていなさりやすぜ」

「そいつぁ豪気だ。大名旅だな」

三右衛門が感心し、由利之丞も歓声を上げた。

「早く大旦那の所へ挨拶に行こうよ。オイラも御本陣で休みたい」

「何を抜かしていやがる。手前ぇなんざ馬小屋で十分だ」

由利之丞に悪態をついてから、三右衛門は粂五郎に質した。

「三国屋さんは江戸一番の札差で、覆《くつがえ》った川船の荷主だ。大旦那が宿場に乗り込んで来られたから、みんな、気を張りつめてやがるんじゃぁねぇのかい」

「そうかもしれねぇ——とオイラも考えたんですがね。それでもなんだかおかしな按配《あんばい》だ。宿場の連中は、三国屋の大旦那を目の敵《かたき》にして、厳しく見張ってるみてぇなんですよ」

「そいつは確かか」

「へい。オイラの目には、そのように……」

「荷主を目の敵にするってのは、どういうわけがあってのことだ？　倉賀野の野郎ども、いってぇなにを怖がっていやがるんだろうな？」

三右衛門は、ちょっと思案してから「よし」と呟いた。

「俺は三国屋の大旦那に挨拶してくる。手前ぇは宿場を見張れ」

「へい」

「倉賀野を仕切る博徒は、倉賀野ノ辰兵衛《たつべえ》だ。手前ぇ、辰兵衛一家とは繋がりがあったな」

「昔、一宿一飯の恩義に与《あずか》ったことがありやすぜ」

「そんなら今度も渡世人のふりをして、博打場に入りこむめ。俺も後で表から乗りこむけどな、俺とは知らぬ者同士のふりをして、手前ぇは辰兵衛一家の若い者どもの様子を探るんだ」

「合点だ」

粂五郎は走り去った。

三右衛門は由利之丞に、

「手前ぇはここで待ってろ」

と命じた。由利之丞は唇を尖《とが》らせた。

「どうしてさ」

「お前ぇにゃあ、後で一仕事してもらわなくちゃならねぇ……かも知れねぇ。その下拵《したごしら》えってのがある。それまではここで隠れてろ」

「どんな仕事をさせる気だい？」

「手前ぇの仕事といったら、お芝居に決まってるだろ」

「えっ？　宮地芝居はできないよ」

「いいから黙って待ってろ！　嫌ならここから歩いて江戸に帰れ！」

不満そうな由利之丞を置き去りにして、三右衛門は街道に戻った。

確かに、道行く者たちの面相が、険しく引きつっているように見えた。

「ああ、荒海一家の親分さんかい」

徳右衛門はチラリと横目で三右衛門を見て、それからまた、帳合に戻った。

本陣の座敷の窓ぎわに文机を出して、せっせと記帳をしている。失われた御蔵米の台帳と、江戸の三国屋から飛脚が運んできた大福帳とを付き合わせているのだ。

それにしても、江戸の闇社会を仕切る荒海一家の三右衛門を下座に据えさせ、ほとんど無視するこの態度はどうであろうか。さすがは江戸一番の商人、といったところか。

三右衛門は如才なく、低頭した。

「さすがは三国屋の大旦那ですな。御自《おんみずか》らが乗り込んで来られるとは、たいしたお骨折りでございやす」

「江戸でのんびりとはしていられないのでね。ところで親分さんは、この倉賀野になんのご用だい」

「あっしは、八巻ノ旦那の御下命《ごかめい》で参じやした」

「なんだって！」

突然に徳右衛門の様子が変わった。飛び跳ねるように向きを変えて、三右衛門をまじまじと凝視した。

「南町の八巻様が、親分さんを、手前のために寄越してくれたというのかい！」

「へい。あっしは八巻ノ旦那の一ノ子分でござんすから」

「ああ！　それは有り難い！　勿体ない！　さすがは八巻様だ！　手前なんぞのために、ここまでのお心遣いをしてくださるとは……！」

目には涙まで溜めている。

これには三右衛門も少しばかり困惑させられた。

「あっしみてぇなつまらねぇ者《もん》を、そこまでお褒めくださらなくても……」

「いいや、あんたを有り難がってるわけじゃあないよ」

「さいですかい。ところで、八巻ノ旦那は、もう、こちらに乗り込んでいなさるんですかい」

「いや？　親分さんと一緒じゃなかったのかい」

「それがですな、旦那は途中の宿場で、見過ごしにはできねえ大悪党をお見つけなすって、そいつを追って行かれたらしいんで……」

三右衛門は、自分で想像した話を語って聞かせた。

徳右衛門は大きく頷いた。

「八巻様のことだ。すでに、今度の一件の下手人に目星をつけていなさるのに違いない」

「きっとそうですな。なんでもお一人で片づけちまう切れ者ぶりには、あっしらも惚れ惚れさせられておりやすが、それにしたって、お一人で悪党に立ち向かわれるのは困りものだ。気が揉めます」

「なぁに、八巻様のことだ。手抜かりはあるまいよ。あたしら凡夫《ぼんぶ》が心配することじゃない」

「仰《おっしゃ》るとおりでござんすな」

二人は大きく頷きあった。

「しかしですな、大旦那。あっしらは八巻ノ旦那みてぇな剣豪じゃねぇんで、手前ぇのこたぁ、手前ぇで守らなくちゃいけやせん」

「なにが言いたいんだい」

「なんだか宿場の様子が、妙に思えるんですがね」

「ああ……」

徳右衛門は面白くなさそうに頷いた。

「どうやら倉賀野の宿場と河岸は、あたしのことを邪魔に思っているらしいよ。親分さんは八巻様の子分だから、腹蔵《ふくぞう》なく話すけどね……」

ここに来てからの顚末《てんまつ》を語って聞かせた。

「そういう次第でね、どうやらウチで札を差した御用米は、故意にどこかへ隠されたらしいんだよ」

「川船の転覆は嘘だ、ってことですかい」

「そういうことだね」

三右衛門は唸《うな》った。

「そんな大がかりな悪事だってことなら、八巻ノ旦那がお姿を隠すのも頷けやす。隠密廻同心様でござんすから、きっと別人に成りすまして、密かに調べを進めていなさるのに違《ちげ》ぇねぇ」

「なるほどね。きっとそうだ」

「しかし、そうなると、案じられるのは、大旦那さんのお身体だ」

「あたしのかい。どうして？」

「倉賀野ノ辰兵衛は、無茶なことでも平気でやらかしやす。蛇みてぇに冷酷な野郎なんでさぁ。大旦那さんをどうこうしてやろう、なんてぇ不埒《ふらち》なことを、考えていねぇとも限らねぇ」

「フン」

「そこで、あっしが一計を案じたんですがね。大旦那さんのお命を守るのと、八巻ノ旦那の隠密働きの助けになるのと、両方を兼ねる秘策でございまさぁ」

「それはどんな？」

「大旦那さんにも、お含みおいていただきたいんですがね……」

四半刻（約三十分）後、三右衛門の姿は、倉賀野ノ辰兵衛一家が根城を構える賭場の、座敷にあった。

「久しぶりだなぁ、倉賀野ノ。お前ェもずいぶんと貫禄がついたじゃねぇか」

神棚の下の壁の前に、三右衛門と同じ年格好の博徒が座っている。額には大きな刀傷が目立つ。この一帯を仕切る侠客、倉賀野ノ辰兵衛であった。

「そういう手前ぇもな。江戸での評判は耳にしているぜ」

辰兵衛は憎々しげに三右衛門を睨みつけていた。

「そのツラつきから察するに、芳《かんば》しくねぇ噂が伝わってるみてぇだな」

三右衛門は余裕の薄笑いを浮かべている。ともに腹中に一物《いちもつ》を隠した侠客同士の駆け引きだ。

「面白くねぇ評判だぜ、荒海ノ。手前ぇ、いつから役人の手先になり下がりやがった。昔の手前ぇは、間違っても、お上の犬になるような男じゃなかったぜ」

この物言いには三右衛門もムッとしたが、ここで腹を立てては相手の思うつぼだ。余裕の笑みを取り繕った。

「そいつぁ酷《ひで》ぇ物言いだな。俺は今でも、お上の犬になるつもりはねぇぞ。お上の犬に成り下がったわけでもねぇ」

「なにを抜かす。現に、同心の手先になってるじゃねぇか」

「そのお人は、同心様である前《め》ぇに一人の漢《おとこ》だ。それもただの漢じゃねぇ。海よりもお心が広くて、山よりもでっけぇ漢なんだぜ」

「へぇ？　てぇした役人がいたもんだな」

「俺はそのお人に惚れ込んでるんだ。惚れ込んで一命を奉《たてまつ》ったお人が、たまたま役人だったってだけの話よ」

「何を眠たいことを抜かしていやがる」

「手前ぇもすぐにわかるぜ。そのお人がどんだけでっけぇお人かってことがな」

「どうしてわかるって言うんだい」

三右衛門はニヤリと笑った。

「倉賀野宿に乗り込んで来られるからさ」

「なんだと」

「オイラの旦那は、南町の隠密廻同心様なんだよ」

辰兵衛は絶句した。その顔から血の気がサーッと引くのがわかった。

三右衛門はますます意地の悪そうな笑みを浮かべた。

「先日の、川船がひっくり返って御蔵米が流されたってぇ一件があったろ？　オイラの旦那は、そこに悪事の臭いを嗅ぎつけなすったんだ。御蔵米は流されちゃいねぇ。事故に見せかけて、何者かの手で隠された——そう睨んでいなさる。その詮議《せんぎ》でな、倉賀野に乗り込んで来られたってわけよ」

「な、なんだと……」

　辰兵衛の声は、ほとんど聞き取れないほどに掠《かす》れた。

四

「ええっ？　また若旦那の身代わりをやれってのかい」

　由利之丞が不満顔で声をあげた。

「なんだ。文句があるってのか」

　三右衛門が凄《すご》む。二人揃って先ほどの社の陰にしゃがみ込み、ヒソヒソと声を忍ばせていた。

　由利之丞は唇を尖らせた。

「若旦那を殺《あや》めてくれようってぇ悪党の目を、オイラに引きつけるための策なんだろう？　それじゃあこっちは、命がいくつあっても足りはしないよ」

「さんざん旦那の世話になってる手前ぇじゃねぇか。旦那のお役に立てるってんなら、喜んで命を投げ出せるってもんだろ」

「オイラの命を勝手に投げ出されたら困るよ」

「ツベコベ抜かすな。この話は三国屋の大旦那さんも呑んでるんだ。大旦那さんに気に入られたい、って抜かしていたのは手前ぇだろうが。しっかり働け！」

三右衛門は由利之丞の襟首を引っ張るようにして、街道に引きずり出した。

街道には常次たち荒海一家の子分衆が、十五人ほど、一塊《ひとかたまり》になって待っていた。

由利之丞を見て向きを変え、揃って頭を下げる。

「八巻ノ旦那！　遠路遥々《はるばる》のお役目、お疲れさんにござんす！」

常次が野太い声で挨拶した。続けて若い子分たちが声を揃えて、

「お疲れさんにござんす！」

と唱和した。

宿場の人足や河岸の水夫など、街道で働く者たちが目を向けてくる。荒海一家はただでさえ目立つ一団だ。それが一斉に、凄《すご》みの利いた声を張り上げたものだから、皆、びっくりして、恐々と、こっちの様子を窺《うかが》い始めた。

「ありゃあ、いってぇどこの一家だい。おっかねぇツラつきの兄ィたちが揃ってるじゃねぇか」

「近くの宿場で喧嘩でも始める気か。巻き込まれたらたまらねぇぞ」

「それにしても……見てみろよ。ヤクザ者たちが腰を低くして、頭を下げてる相

手は、役者みてぇな優男《やさおとこ》だぞ」

「本当だ。ヤクザの親分にはとても見えねぇ。いってぇ何者だ」

目引き袖引き囁《ささや》く声が、由利之丞の耳にまで届いた。

注目を浴びると、その気になってしまうのが役者の性《さが》だ。由利之丞はサッと顔つきを引き締めると、胸を張り、気障《きざ》な流し目で子分衆を見回した。

「手前ぇたちこそ長旅ご苦労だったな。江戸者の手前ぇらにゃあ、勝手のわからねぇ土地柄だったろうぜ。だがよ、これもお上の御用だ。精を出して働いてもらわなくちゃならねぇぜ」

キリッと見栄を張りながら声高に言い放つ。荒海一家の子分たちは、内心は不愉快であったろうが、三右衛門の手前、辛抱して、「へいっ」と声を揃えて答えた。

いったいなんの騒動か、と、宿場や河岸の者たちがどんどん集まってくる。旅人もいれば、旅籠の女たちもいる。視線を一身に集めて、由利之丞はますます良い気分になってきた。

「なぁに、南北町奉行所に同心、数あれど、随一の切れ者と謳《うた》われたこの八巻卯之吉。隠密廻同心を拝命して、倉賀野に乗り込んで来たからにゃあ心配《しんぺ》ぇはいらねぇ。どんな面倒な騒動も、たちどころに片づけてみせようじゃねぇか。御蔵米を載せた船が覆った謎も、消えた御用米の行方も、すぐに絵解きしてみせらぁな」

大向こうから「イヨッ、日本一！」との掛け声がかかりそうだ。由利之丞は得意満面、看板役者にでもなったかのように、集まった者たちに、順に視線を投げつけた。

「やいっ、あんまり調子に乗るな」

三右衛門が小声で窘《たしな》めた。しかし由利之丞は聞く耳をまったく持たない。

「早速だが、三国屋徳右衛門の目通りを許そうじゃねぇか。徳右衛門は御本陣にいるらしいな。おいッ三右衛門、案内しな」

「てっ、手前ぇ……！」

我慢の限界を超えて三右衛門の頭に血が上る。激怒すると抑えが利かない三右衛門だ。由利之丞は慌てて小声で囁いた。

「オイラがこうして見栄を張っているのも、八巻ノ旦那のご評判を上げるためじゃないか。若旦那のためにやってるんだから、親分も手を貸してくれなくちゃ」

「ううっ……」

そう言われると三右衛門も、この三文芝居に協力するしかない。

「へ……へいッ。早速にも、ご案内申し上げやす」

売れない若衆《わかしゅ》役者風情に向かって、下げたくもない頭を下げた。

三右衛門は若い頃には街道筋をさんざんに荒し回った博徒であった。倉賀野宿にも、その顔を見知っている者がいた。

「ありゃあ、荒海ノ三右衛門親分じゃねぇか！」

「三右衛門親分が、借りてきた猫みてぇになっていなさる」

「どんだけ威のあるお役人様なんだい！」

一家の者たちもいたたまれない。由利之丞は役者だから、この状況に満足しているだろうが、荒海一家の者たちは、そうではない。

常次が叫んだ。

「やいっ、見世物じゃねぇぞ！　南町の八巻様が隠密御用で乗り込んで来られたんだ！　道を空けやがれッ」

いったいどこが隠密か、と訊きたくなるような罵声《ばせい》を張り上げて野次馬たちを追い散らした。

三右衛門も、一刻も早くこの場から逃げだしたい気分だったのだろう。先に立って歩き始めた。

由利之丞だけが余裕たっぷりだ。

「本陣じゃあ、上物の料理と酒を出すように言いつけておけよ。……オイラが食いたいってわけじゃねぇが、たまには手前ぇたちにも、その働きに免じて、美味《うま》い物を飲み食いさせてやらなきゃならねぇからな」

「……へい。有り難いこって」

三右衛門は心なしか老け込んだ顔つきで答えた。

「なぁに、銭の払いは心配いらねぇ。南町の御用だ。南町にツケておけ」

本物の卯之吉だったら絶対に口にしないケチ臭い物言いをしながら、本陣の暖《の》簾《れん》をくぐった。

五

俠客の辰兵衛は河岸問屋の座敷に座していた。日は沈み、障子の外が暗くなった。河岸問屋の小僧（丁稚《でっち》）が行灯《あんどん》を運び込んできて、火を入れた。

小僧が座敷を出てゆき、廊下を遠くへ去ったのを確かめてから、辰兵衛は顔を正面に向けた。

「いってぇ、どうなさるおつもりですかい」

　上座に据えた江州屋孫左衛門に質した。

　孫左衛門は厳しい顔で黙り込んでいる。何も言わないので、辰兵衛は続けた。

「南町の八巻様といえば、あっしら悪党の間では、よぅく知られた御仁ですぜ。裏街道では名の通った悪党どもが残らず返り討ちにされちまった。いつだったか、神流川《かんながわ》の神龍《じんりゅう》一家が、ノコノコと江戸にまで足を伸ばして、あっと言う間に八巻様のお縄に掛けられちまった、ってこともありやした」

　神龍一家は、岩鼻代官所を悩ませ続けた凶徒であったので、呆気《あっけ》なく捕縛された顚末は、驚天動地の出来事として、上州にまで伝わった。

「とてもじゃねぇが、そんなお役人様には楯突《たてつ》けやせんぜ」

「しかしね、親分。事は動き出しちまったんだ。もはや後には退《ひ》けないよ」

「旦那の難しい御立場はお察しいたしやすがね、お江戸で評判の、切れ者同心様に乗り込まれちまったんじゃどうにもならねぇ。あっしも親分なんて呼ばれてはおりやすがね、所詮は裏街道の小悪党だ。八巻様がちょっとその気になれば、獄門台も免《まぬが》れねぇ」

　辰兵衛はチラリと上目づかいに、意味ありげな目を向けた。

「そんときゃあ旦那も一緒ですぜ。旦那の首とあっしの首が、仲良く獄門台に並ぶんだ」

「よしてくれ」

孫左衛門は青い顔で首を振った。

辰兵衛は重ねて質した。

「ご挨拶にゃあ、出向かれたんですかえ」

「八巻様のところへかね？　いいや、あっちから断られた。『隠密廻のお役目だから、この宿場にはいないものとして扱え』というお指図でね。子分の侠客がそのように伝えて来た」

「三右衛門がですかえ。通りの真ん中であれだけの大声で騒いでおきながら、この宿場に八巻様はいらっしゃらねぇってか。クソッ、どういう魂胆だ」

由利之丞の大根芝居が見抜かれないように、という用心なのだが、そうは思わぬ二人は、八巻同心の腹の内がまったく読めずに困惑した。

辰兵衛は舌打ちした。

「なんだか早くも、八巻様の手のひらで転がされているような気がしてきやしたぜ。御公儀も、八巻様みてぇな切れ者を寄越すたぁ……。御蔵米の一件で、たいそうお怒りのようですな」

「他にしようがなかったんだ。ああしていなければ、この倉賀野が打ち壊されていた。宿場と河岸を守るためにやったことだ」

「後悔はないと？」

「いいや。後悔している」

「そんなら、そん時の顚末を、残らず八巻様に打ち明けちまえばいいんじゃねぇんですかい」

「理由がどうあれ、許されることじゃあないよ」

孫左衛門は陰鬱な顔つきで莨盆《たばこぼん》に手を伸ばし、煙管《キセル》に莨を詰めて一服した。紫煙《しえん》を吐くと、多少は落ち着いた様子となった。

「こんな時のための親分さんだ。だからこうして、呼んだんだ」

「なんの話ですかね」

「八巻様をどうにかできる、良い知恵はないかね」

「ですからね。他の役人野郎なら、どうこうしてやることも、できねぇ話じゃねぇですが、今回ばかりは相手が悪いですぜ」

「裏街道には無鉄砲な悪党どもも多いだろう。八巻様を討ち取って、名を揚げようと目論《もくろ》む者はいないのかい」

辰兵衛は苦笑した。

「ずいぶんと思い切った物言いをなさいやすな。さすがは長年、河岸を仕切った孫左衛門さんだ。てぇした悪党ですぜ」

「冗談じゃない。手前は小心者だよ。小心者ほど追い詰められると、とんでもないことをしでかすものさ」

「どっちにしても、相手は江戸で五本の指に数えられようかってぇ使い手――」

辰兵衛が言いかけた、その時であった。

「旦那様ッ」

血相を変えた手代が、廊下を走ってきて、座敷の外で両膝をついた。

「大変でございます！　新町の問屋場から報せが入りまして……」

「隣の宿場から？　何があったのかね」

「巡礼の一団が、こちらに向かっている、との由《よし》にございます！」

「巡礼？　どこへお参りするのかは知らないが、それがどうしたと言うんだ」

「道中手形も持たない者たちばかりで……その人数は、優に二百を超えるとのことです！」

「二百人の〝抜け参り〟だと？」

　この時代、在所を離れる者たちは、必ず、役所や檀那寺《だんなでら》に道中手形を発給してもらわなければならなかった。参詣の旅も同様である。

　こうした手続きを踏まずに巡礼の旅に出ることを、抜け参りと呼んだ。

「信心旅の連中は面倒ですぜ」

　話を聞いていた辰兵衛が横から口を挟んだ。

「枯れ木のような婆様でも、俺たちヤクザ者の手を振り払って、先に進もうとしやがる」

　抜け参りを取り押さえようとして、酷い目に遭ったことがあるらしい。辰兵衛は渋い顔をした。孫左衛門も頷いた。

「そんな連中が二百人も押し寄せてきて、宿場に居すわられたら、大変なことになる！　親分、八巻様への対応は後まわしだ！　今は抜け参りの連中を追い払わなくちゃいけない！」

「まったくでさぁ。一難去らずにまた一難ですな」

　妙な物言いをしながら、辰兵衛は立ち上がった。

「丁方《ちょう》ないか！　さぁ、丁に張った！」

盆茣蓙《ぼんござ》が敷かれた賭場で、中盆《なかぼん》と呼ばれる仕切り役が声を張り上げた。

日は暮れたが、これからが博打《ばくち》の稼ぎ時。天井には〝八間《はちけん》〟という照明が吊るされ、四方にも蠟燭《ろうそく》が灯されていた。昼間のような明るさと、熱気であった。

茣蓙を囲んだ客たちは十人ばかり、揃って目を血走らせている。人足や水夫、旅人や渡世人など、客の種類は様々だ。

そんな賭場の様子を、荒海一家の粂五郎が冷やかに見守っている。

粂五郎は博打打ちだが、博打好きではなかった。博打はあくまでも飯の種だ。カッと熱くなってのめり込むようでは、博徒の玄人は勤まらなかった。

粂五郎は良い加減に調整しながら適度に勝つと、壺振りや中盆に酒手を弾んだり、負けの込んだ客に駒を融通してやったりした。お陰でずいぶんと〝良い顔〟になり、誰彼となく、気安く会話ができるようになった。

このようにして辰兵衛一家を見張りつつ、御蔵米喪失の謎を解く手掛かりを得ようとしていたのだ。

博打の勝ち負けがはっきりし始め、負けの込んだ客はムキになり、賭場がいよいよ鉄火場と化した頃のことであった。

「代貸《だいがし》！」

辰兵衛一家の若い者が、顔色を変えて走り込んできて、奥の金箱の横に陣取った男に身を寄せた。

粂五郎は、「おや？」と思いつつも顔つきは変えず、手駒を数えるふりをしながら、それとなく横目で窺った。

若い者は代貸に耳打ちしている。代貸の顔つきも変わった。

（何かあったな）と粂五郎は直感した。

代貸が立ち上がった。

「お客人たち。今夜のところは、これでお流れだ」

博打に熱中していた男たちが、驚いたり、不満を顔に表わしたりした。

「どういうこったい、代貸さん。お役人の手入れでもあるってのかい」

人足らしい中年男が質すと、代貸は首を横に振った。

「そうじゃねぇ。街道筋の噂になっていた神憑きサマの一行が、この倉賀野に押しかけて来やがったらしいんでさぁ」

「なんだって？」

客たちの顔つきも一斉に変わった。代貸は皆の反応を見渡してから、続けた。

「着の身着のまま、銭も持たずに、寄進をねだって暮らしているってぇ連中だ。そんなのに乗り込まれちまったら、宿場や河岸の仕事に障《さわ》りが出るんじゃねぇんですかい」

「もっともだ」などと男たちは異口同音《いくどうおん》に答えた。

「あっしら一家は、問屋さんのお指図で街道を塞《ふさ》ぎに向かいやす。そんな次第で今夜は仕舞いだ。駒を銭に換えて、帰っておくんなせぇ」

「言われるまでもない」

「うちの店も心配だ」

「オイラは舟を移さにゃあならねぇ」

男たちは膝の前の駒をかき集め始めた。賭場にいた子分たちが総出で駒を数えて換金していく。

粂五郎は、子分の一人に声を掛けた。

「俺に手伝えることたぁねぇか」

「なんですって、お客人」

「俺は渡世人だ。辰兵衛一家には、一宿一飯の恩義に与ってる。神憑きサマの信心どもが大勢で押しかけてくるってんなら、一人でも多くの男手がいるこったろう。俺も街道に出張るぜ。連れていってくれ」

「そいつぁ、ありがてぇお志《こころざし》だ」

粂五郎は一家の台所へ連れて行かれて、そのまま若い者たちに混じって表道に出た。

(何が起こってるのかはわからねぇが、八巻ノ旦那の捕り物に関わりがあるかもしれねぇ)

この騒動を見逃すことはできない、と粂五郎は考えた。

捩《ねじ》り鉢巻《はちまき》をして、六尺棒《ろくしやくぼう》を借りる。代貸が出てきて、子分たちを見渡した。

「みんな揃ったな！　相手は信心の講(信者の団体)だ。手荒な真似はするめぇとは思うが、話の通じる相手とも思われねぇ。オイラたちの務めは、ヤツらの神輿を宿場ン中に担ぎ込まれねぇようにすることだ！　相手が貧しい百姓町人と見て、油断するんじゃねぇぞ！」

「へいっ！」と男たちが唱和する。

皆、引き締まった顔つきで、夜の街道を走り始めた。

六

雨が降っている。

「静かな夜だな」

三国屋徳右衛門は帳合の手を休めて顔を上げた。

「少し、静かすぎやしないかね」

手代の喜七に目を向ける。喜七は首を傾《かし》げた。

「そう言えば、宿場役人衆の声が聞こえませんね」

先ほどまでは、表の道でなにやら騒々しい物音がしていたが、今度は一転して、なんの物音も聞こえなくなった。

「寝静まるにはまだ早い刻限だよ。妙だね」

そこへ由利之丞がやって来た。

「さすがに御本陣のお風呂は大きいや。でも、掛け湯じゃあなぁ。ひとつも温まりやしないよ」

よそで沸かした湯を湯船に移して、その湯を身体に掛けて洗う。

「御本陣ですらこれだもの。江戸での暮らしがどれだけ贅沢《ぜいたく》かってことが身に沁みてわかるね」

街道筋では湯をたっぷり沸かして首まで浸かって温まる――などということは不可能なのだ。

徳右衛門はジロリと由利之丞に目を向けた。

「八巻様は、まだお着きにならないのかい」

由利之丞は首を横に振った。

「荒海一家の子分衆が探し回ってるけれど、まだ、何も報せてきませんよ」

徳右衛門は難しい顔をして、袖の中で腕組みをした。

「八巻様のことだ。悪党どもを捕縛するため、お励みになっていらっしゃるのだろうけれど……、こっちにも手をお貸しくださらないことには……」

「あのぅ、大旦那さん？」

由利之丞は首を傾げた。

卯之吉が役立たずの放蕩《ほうとう》者だということを、誰よりもよく知っているはずの徳右衛門ではないか。なにゆえ卯之吉のことを、辣腕《らつわん》同心だ、などと思い込んでいるのか。

（孫が孫なら、爺《じい》様も爺様だ）

由利之丞は三国屋一家の非常識ぶりに呆れた。

「ちょうど良かった、由利之丞さん」

喜七は一人でニコニコとしている。由利之丞は聞き返した。

「なにが〝ちょうど良かった〟んだい？」

「ちょっとね、宿場の様子が気にかかったもんですからね。ちょっと外へ行って見てきてくれませんか。ちょっとお願いしますよ」

「いや、〝ちょっと〟って言われても……」

外は梅雨寒の雨が降っている。湯上がりの身体で出ていったら、よけいに身体が冷えてしまう。

とはいえ「いやだ」と言える立場ではないことは、由利之丞も重々、承知していた。

「わかった。見てくるよ。……だけど、何を見てくればいいんだい？」

「宿場役人衆がどちらへ行ってしまわれたのか、それを確かめてきてほしいんです」

「わかった」

由利之丞は着物の襟を直して、廊下に出た。

板敷きの廊下を進んで通り庭に出た。街道に面した表店《おもてだな》から裏庭まで細長い土間が延びている。沓《くつ》脱《ぬ》ぎ石にあった雪駄を借りて三和土《たたき》に下りた。

「変だな。帳場に誰もいないぞ」

店の中ががら空きだ。

「どこへ行ったんだろ」

表戸は閉ざされている。由利之丞は潜《くぐ》り戸を開けて外に出た。

外の街道も人通りが絶えていた。常夜灯の明かりが等間隔で光っているばかりだ。

そこへ、尻《しり》っ端折《ぱしょ》りした若い衆が走ってきた。手には問屋の提灯《ちょうちん》を掲げていた。

「そこの兄さん」

由利之丞は声を掛けた。若い者は一瞬、煩《わずら》わしそうな顔をしたのだが、由利之丞が本陣の客だと気づいて、足を止めた。

「あっしに何かお尋ねですかい、お客人」

暗いこともあって、昼間に乗り込んできた南町の八巻と同一人物だとは思っていないらしい。元より由利之丞は、どう頑張っても同心に見える男ではない。

「うん。忙しそうなのにすまないね。ウチの大旦那が、宿場の様子が静かすぎるから見てこいって言うんでね。出てきてみれば確かに変だ。街道筋で何事か、あったのかねぇ？」

「ああ、そうですぜ」

暗くて良くはわからないが、若い衆は血の気も引いているようにも見える。

「信心の集団が、神輿を担いでこっちィ向かって来ているらしいんで」

「ああ……」

由利之丞は道々聞いた噂を思い出した。

「神憑きサマか」

「宿場に雪崩込まれたりしたら面倒なことになる。それに、ここは岩鼻の御代官所にも近い。不始末は許されねえもんでね。それじゃあ御免なすって。あんたも、あんたの旦那さんも、外には出ねぇでおくんなせぇよ」

さすがは上州、とでも言うべきか、問屋の若い衆は渡世人のような口調で言って、走り去った。

「ま、オイラたちには関わりがないな」

由利之丞は、今の話を伝えるために、徳右衛門の座敷に戻ることにした。

第六章　雨中の決戦

一

水谷弥五郎は、いまだ地蔵堂の中にいた。

「酷《ひど》い雨漏りだ」

後から後から雨滴が漏れ落ちてくる。床にも大きな水たまりができていた。戸外にいるのとほとんど変わらぬ有り様だ。

そんな中、相撲取り崩れの多々良山だけが高鼾《たかいびき》をかいている。実に心地良さそうな寝顔だ。

「いい気なものだな」

壁に背を預けて、刀を抱いた遠藤が、白けた顔つきで言った。

「我らはいつまで、ここでこうしておらねばならぬのだ」

額に青筋を立て、激怒を露わにしようとしたその時、

「シッ、誰か来たぞ」

外の足音に気づいた水谷が静まるように合図した。

ピシャピシャと、泥水を撥《は》ねながら足音が近づいてくる。

「旦那方、隠仁太郎でやす」

うっかり斬りつけられないように名乗りつつ、隠仁太郎が地蔵堂の中に入ってきた。

水谷が目を向けると、その顔には薄笑いが浮かんでいた。

「どうやら良い報《しら》せだな」

「へい水谷の旦那。待ちに待ってた朗報ですぜ。神憑《かみつ》きサマ一行が押し寄せて来やがったようで、宿場の男衆が残らず街道を走っていきやしたんで」

「よし！」と勢い込んで立ち上がったのは遠藤だ。長身の彼は天井に頭がつかえそうになっている。

「この時を待っておった。行くぞ！」

地蔵堂の扉を押し開けて、外に出ようとしたところを、隠仁太郎が止めた。

「待っておくんなせぇ。ちょっとばかし、気になることもあるんで」

「気になることだと？　なんだ」

「なんだかわからねぇんですがね、この昼前に、役人が倉賀野宿に入ったらしいんですよ」

「役人だと？　岩鼻代官所の者か」

二人のやりとりを聞いていた水谷は、（八巻氏《うじ》に相違あるまい）と、直感した。

（これはいささか面倒なことになったぞ）

この悪党どもから守らねばならない相手が二人に増えた。

三国屋徳右衛門だけならまだしも、卯之吉の面倒まで見るとなると、厄介だ。

（八巻氏に同心としての腕があるなら、話は別だがな）

世間の噂とは裏腹に、箸より重い物を持ったことがない男だ。まったくの役立たずである。

「隠仁太郎。その役人と一緒に、旅の俠客がやっては来なかったか」

荒海一家がいてくれたなら、頼りになる。

隠仁太郎は首を傾《かし》げた。

「さぁて、どうでしょう」

「なぜ確かめなかったのだ」

「なにしろあっしのツラは、この辺りじゃあ、人に知られておりやすんでね。迂《う》闊《かつ》に宿場に近寄って、詮議《せんぎ》をされたんじゃたまらねぇと思いやしてね」

「それならわしが確かめてこよう」

水谷は腰を浮かせた。ついでに徳右衛門に危急を告げることができれば尚更《なおさら》、好都合だ。

「待て」と制したのは遠藤だった。

「貴様、なにを案じておるのかは知らぬが、ここは急がねばならぬ場面だ。宿場の者どもが、神憑きとやらを追い払って、戻ってきてしまってからでは、すべてが遅い」

「しかし……〝急《せ》いては事をし損じる〟の譬《たと》えもある」

「孫子《そんし》に曰く、兵は拙速を尊《たっと》ぶ、だ」

「あっしは遠藤の旦那に与《くみ》しやすぜ」

隠仁太郎が言った。

「倉賀野は今、空っぽだ。三国屋徳右衛門を攫《さら》う好機は今しかねぇ」

水谷は眉をひそめた。

「役人が来た——と、言い出したのは貴様ではないか」

「ちょっと気にかけといたほうがいいですぜ、ってだけの話でさぁ」

遠藤は着々と用意を始めている。襷《たすき》を取って袖を絞り、

「多々良山を起こせ」

隠仁太郎に命じた。

悪党という手合いは思慮が足りない、なんでも自分の思ったとおりに事が運ぶものと決めてかかっている節がある。

（致し方あるまい）

水谷弥五郎も覚悟を決めた。

（まずは遠藤を後ろから仕留める。次に多々良山だ）

手強《てごわ》い相手から奇襲で攻める。強敵二人を倒してしまえば、隠仁太郎は、さして労せずに倒すことができるはずだ。

（いや、一人は生け捕って、役人に突き出したほうがよかろう）

などと思案を固めた。

降り続く雨の中、悪党三人と水谷弥五郎は、倉賀野宿を目指して走った。

雨で煙った先に、橙《だいだい》色の明かりが浮かび上がった。倉賀野の灯《ひ》だ。

「三国屋徳右衛門は、本陣で寝泊まりしているって聞きつけやしたぜ」

「本陣か。面白い」

遠藤は不敵に笑った。

本陣に押し入ることになろうとも、臆したりはしない。権威に対する敬意などとうに失くした悪党たちだ。そもそも札差を攫おうとすること自体が権威に対する挑戦なのだ。本陣に押し入って悪事をなし遂げて、己《おの》が悪名を轟《とどろ》かせることを、最上の喜びとするのであった。

三人は宿場の端の木戸に着いた。遠藤が鋭い目を向ける。

「なるほど、番屋にも、人の姿がない」

宿場を貫く街道は、シンと静まり返っていた。

「旦那方。ちょっと待ってくれ」

多々良山が足を止めて懐をまさぐっている。

「何をしている」

遠藤が質《ただ》すと、多々良山は「へへっ」と笑って、握り拳を見せた。

相撲取り崩れの太い両腕には、大きな籠手《こて》が嵌《は》められていた。

「鉄の延べ板を革で包んで、漆《うるし》で固めてあるのさ。こいつでぶん殴れば、牛だってイチコロだよ。刀を打ち払うことだってできるんだぜ」

さっきまで眠そうな顔をしていたのに、一転、嬉々《きき》として目を輝かせている。

悪事が心底から好きなのだ。

（こヤツも油断がならぬな）

水谷は用心深い目で、その鉄籠手を確かめた。

「モタモタするな。役人どもが戻ってきたらどうする」

遠藤は相も変わらず気が短い。

「ああ、終わったよ」

多々良山は革紐を手首に巻いて鉄籠手を固定した。

「ならば参るぞ！」

遠藤が刀を抜いた。痩せ浪人にしては良く斬れそうな刀だ。銭はなくとも刀の手入れだけは怠らない。人斬りを職業にしている者の覚悟が窺《うかが》われた。

遠藤は先頭に立って、倉賀野に乗り込んでいった。

二

「本陣とはいえ、酒は地廻りだなぁ」

台所から持ってこさせた銚釐《ちろり》の酒を、由利之丞は、チビリチビリと飲み続けた。

徳右衛門と喜七は帳合に夢中だし、三右衛門たちは宿場の周辺に散っている。卯之吉の行方を突き止めることと、御用米の行方を突き止めることの、二つの役目が課せられていたからだ。親分の三右衛門も、席の暖まる暇《いとま》のない忙しさであった。

(ま、オイラには関わりがない)

芝居者がどう頑張ったところで役に立つとは思えないし、三右衛門も徳右衛門も、由利之丞にはなんの期待もしていないだろう。この本陣で同心のふりだけしていれば良いのだ。

外からは雨の音しか聞こえてこない。由利之丞は暇《ひま》を持て余して、黙々と盃を重ねた。

「弥五さんは、どうしているのかなぁ……」

いったいどこまで悪党を追っていってしまったのか。

「もしかしたら、先に江戸に帰っているのかもしれないぞ」

なんだか上州の宿場にいることが馬鹿馬鹿しくなってきた。

「夏公演の舞台もあるのにさぁ」

いつまでここで、八巻のふりをし続けなければならないのか。御用米の謎が解けるまでか。それはいったいいつの話なのか。

「弥五さんに言われたとおりに、江戸に帰ればよかったよ」

酔いが回って身体《からだ》が火照《ほて》る。おまけに意識も朦朧《もうろう》としてきた。

「夜風に当たってこよう……」

外は雨だが、傘を差して行けば、どうにかなるはずだ。

とにもかくにも本陣の堅苦しい座敷に押し込められていることには堪えられなかった。無性に外の空気が吸いたかった。

台所に面した板ノ間では、常次と仲間の子分衆が五人ばかり、車座になって飯を食っていた。徳右衛門の護衛のために残されていたのだ。

「おう、由利――じゃなかった、八巻ノ旦那。三国屋の大旦那のご様子はいかがですかい？」

常次が赤い顔を向けてくる。酒は三右衛門に止められているはずだが、盗み酒を楽しんでいるようだ。

「変わりはねぇよ。やいっ手前ぇたち、飲んでいやがるな？　日頃の働きに免じてこの場は見逃すが、あんまり酒を過ごすんじゃねぇぞ」

気取った態度で言うと、相手も酔っぱらいだ。

「こいつぁきついお叱りを蒙《こうむ》った」

頭を掻《か》いてふざけた。

由利之丞は雪駄を引っかけて三和土《たたき》に下りた。相も変わらず、店には誰の姿もなかった。

（神憑きサマの神輿《みこし》を追い払わなくちゃいけねぇってのはわかるけど、これじゃあ不用心だ。三国屋の大旦那さんもいらっしゃるのに……）

潜《くぐ》り戸を開けて表道に出ようとしたところで、ドンドンドンと、外から板戸を叩かれた。思ってもいないことだったので、由利之丞はかなり驚いた。

「だ、誰ッ？」

外からの返事はない。由利之丞は、潜り戸の横の覗き穴から外を見るべきか、と思案した。しかし、外にいるのが悪党だったらどうするのか。目を出したところへ短刀などを突きつけられたら困る。

「ど、どちらさんですかい？　もう店仕舞いしてますよ」

震える声で尋ねると、暫《しば》しの無言の後で、

「その声は、役者の由利之丞か？」

と質された。由利之丞は重ねてビックリした。

「そう言うあんたは、どちらさんですかね」

「荒海一家の寅三だ。ウチの親分がここにいなさるんだろ？」

「ああこの声は、確かに寅三兄ィだ」

由利之丞は潜り戸の閂《かんぬき》を横に滑らせて戸を開けた。外にいた寅三が腰を屈《かが》めて覗きこんでくる。面相が店の明かりに照らされた。

表道には寅三が引き連れてきた子分衆も控えているらしい。闇の中に立つ足だけが見えた。

「なんなんでぇ、この宿場町は。番屋の者もいやしねぇ。一膳飯屋も表戸を閉ざしてやがるし、博打《ばくち》打ちの一人も出歩いていねぇ。まるで墓場みてぇな静けさじゃねぇか」

寅三の疑念はもっともだ。由利之丞は頷《うなず》き返した。

「街道筋を、神憑きサマの神輿が押し寄せてきて、そいつらを追い払うために、総出で走ったんだよ」

「神憑きサマか。そういゃあ道々、そんな噂でもちきりだったな」

「まぁ、こんな所で立ち話もなんだから、入っておくんなよ」

寅三は太い眉根を寄せた。

「手前ぇが勝手に勧めることじゃねぇだろう。御本陣の者を呼びなよ」

「それがさ、どこにも見当たらないんだ。それに兄ィたちなら大丈夫さ」

「どうしてだ」

由利之丞は意味ありげにニヤリと笑って、声をひそめた。

「兄ィたちは南町の八巻様の子分衆だろう？　オイラ、ここでは、八巻様ってことになってるのさ」

「身代わりか」

「そういうこと。隠密廻同心、八巻のオイラが『かまわぬ』って言ってるんだ。本陣の者に文句は言わせねぇ。おうっ寅三！　さっさと入ぇりな」

「手前ぇ……」

いつもながら由利之丞の調子の良さには呆れるやら、腹が立つやら、なんとも言えぬ心地である。

　由利之丞も寅三の殺気を感じ取り、慌てて付け加える。

「それもこれも、八巻ノ旦那を助けるためだってのさ」

「仕方がねぇなぁ。八巻ノ旦那！　子分の寅三がただいま参じやした――これでいいんだろ。くそっ」

　寅三の声を聞きつけて、常次たちが迎えに出てくる。寅三の顔にますますの怒気が上った。

「飲んでやがったな、手前ぇたち！」


　倉賀野は静寂に包まれていた。常夜灯の火が、風に揺れているばかりだ。

　本陣を目指して走ってきた遠藤は、ふと、足を止めた。

「今の声を聞いたか！」

　隠仁太郎は緊迫しきった顔つきで「へい」と答えた。

「本陣のほうから……、八巻ノ子分の――とかいう名乗りが……」

「まさか！　倉賀野に乗り込んできた役人というのは、あの、八巻か！」

　南町の人斬り同心、八巻の噂は、街道筋にまで伝わっている。

「だけど旦那、どうして町奉行所の役人が上州なんぞに？」

隠仁太郎の疑問には、代わりに水谷が答えた。しかつめらしい顔つきで顎《あご》など撫《な》でて、思案をする素振りを見せながらだ。

「わしが耳にした噂では、八巻は時折、隠密廻同心を拝命し、江戸の外にまで探索の足を延ばすという。甲州街道の日野宿では、旗本の後家に雇われた悪党どもを一網打尽にした、という話だ」

「どうする」

多々良山が、呑気に見える顔つきで質した。

「退《ひ》いたほうが良かぁねぇか？」

水谷は、三国屋徳右衛門の身を守ることを目的として一味に加わっている。気後れしたふうを装いつつ、言った。

「同感だ。我らの狙いは三国屋を攫い、身代金《みのしろきん》を取ることだ。八巻がおるとわかっておる場所に押し込んだところでどうにもなるまい。三国屋を攫うことなどできはせぬぞ」

隠仁太郎も頷きかけた、その時、

「いいや、待て」

遠藤が話を遮った。

「八巻の首には大金が懸けられておるぞ。大悪党の親玉たちが八巻の命と引き換えに、大枚《たいまい》を寄越すと約束しておる」

多々良山が首を傾げた。

「だったら、どうだって言うんだい」

「わからんのか。八巻を討ち取る好機だ！　我らは一騎当千の強者揃い！　ここで八巻を討ち取れば、礼金にありつくと同時に、悪名をも、轟かせることができるのだ」

「なるほど。悪くない話だね」

多々良山は細い目をさらに細めて頷いた。遠藤は隠仁太郎に目を向けた。

「お前はどうする！」

隠仁太郎もその気になったらしい。

「面白《おもしれ》れぇ！　その話、乗りやしたぜ」

「水谷！　貴様はどうだ」

こうなったら、遠藤たちと本陣に乗り込むより他に道はなさそうだ。

（今の声は寅三だったな。アイツなら、そこそこ頼りになるだろう）

寅三と戦っている遠藤を背後から斬る。

(それなら首尾よく運びそうだ)

水谷は頷いた。

「わかった。わしも行くぞ」

「よし、遅れるなよ!」

遠藤は踵《きびす》を返して走り出した。

「見ろ! 都合よく、潜り戸が開いている」

本陣の中の明かりが外に漏れていた。表戸の前には、旅装の男たちが数人、立っていた。

寅三は潜り戸から中に入ろうとして、足を止めた。

「なんだ……?」

殺気だった足音が近づいてくる。

寅三は潜り戸の下から首を抜いて、通りの先に目を向けた。そして「アッ」と叫んだ。

「刀を抜いていやがるぞ!」

一家の子分たちも異変に気づいた。そこへ旋風《つむじかぜ》のように、遠藤が突入してきた。

三

「なんの物音だね、騒々しい」

徳右衛門が筆を止めて顔を上げた。

表道から怒声が聞こえてくる。と思ったら、喜七が顔面を蒼白にさせて座敷に駆け込んできた。

「大旦那様！　討ち入りにございます！」

「討ち入り？」

常次もやってくる。顔が赤く、息が酒臭い。

「悪党どもが押しかけて参《め》ぇりやした！　相手は、痩せ浪人を先頭にして四人ばかりだ」

「悪党が？　どうしてだね？」

「大旦那さんを攫ってくれようというのか、御蔵米の一件のご詮議が邪魔になったのか、どっちにしても大旦那さんが目当てに違《ちげ》ぇねぇ！　今は寅三兄ィが切り防いでおりやす！　今のうちに逃げる算段をしておくんなせぇ！」

「喜七！　大福帳を纏《まと》めて風呂敷に包むんだ！　三国屋の商いにとって大事な物だよ！　あたしにとっちゃあ命も同然だ！」

「え、ええっ……？」

運び込まれた大福帳は、座敷中で山積みになっている。とてものこと、一度に運び出せる量ではない。

「ギャッ！」

荒海一家の子分が倒れた。その向こうに、刀を下げた遠藤が立っている。

痩せた身体は、さながら幽鬼のようだ。眼光ばかりをおぞましく光らせていた。

「なんてぇ野郎だ！」

遠藤の強さに寅三が舌を巻いた。一家の子分たちがあっと言う間に二人も倒されてしまった。

子分たちにとっては幸いなことに、遠藤は刀を返して、峰で打ちこんできた。

だがそれは、善意などではないことを寅三は知っていた。

刀は、切りつけた相手の身体に深く食いこむと、引き抜くことが難しくなる。大勢を相手に戦う際には引き抜く時間が命取りになる。刀を引き抜こうと息んでいる間に、後ろから斬りつけられたらお終いなのだ。

乱戦に慣れた剣客は、故意に峰打ちで相手を殴る。これならば刀が食い込んでしまうことはない。刀は鉄の延べ板であるのだから、峰で打っただけでも十分な威力を発揮するのだ。

打たれた子分は、砕かれた肩や、腕の骨を押さえて地べたに転がり、悶絶《もんぜつ》している。もはや戦力としては期待できない。

（浪人野郎め、よほどに場数を踏んでいやがる！）

裏街道では、それと知られた剣客に違いなかった。

浪人の背後に、肥満しきった巨漢と、癖のありそうな小悪党が続いている。荒海一家の人数は、寅三が率いてきた五人と、常次たち六人。一家のほうが大人数だが、戦力としてみれば、相手のほうが上に思えた。

浪人剣客も、一家の者たちを見下しきっている顔つきだ。

「八巻はどこだ！」

寅三に目を向けて吠えた。

（こいつらは、八巻ノ旦那が狙いか！）

どういう経緯《いきさつ》で八巻を狙うのか、魂胆《こんたん》がわからない。なんと答えたものか、迷っていると、その顔色を読んで浪人が薄笑いを浮かべた。

「どうやら八巻は、ここにはおらぬらしいな」

背後の巨漢と小悪党にチラリと目を向けた。

「ここの手勢は物の数ではない。俺に任せろ！　お前たちは予定どおりに三国屋を攫ってしまえ！」

「合点だ！」

本陣は、殿様が通る正門と、町人たちが出入りする板戸に分けられている。巨漢は板戸を拳で殴り始めた。

なんということか。厚い木の板が音を立てて割れた。

「野郎の拳は〝掛け矢〟か！」

寅三は呆れて叫んだ。まさに、建物の解体に使われる大槌《おおづち》のような威力であったのだ。

板戸を突き破って巨漢と小悪党は建物に入った。

「しまった！」

追おうとする寅三の目の前に浪人がサッと先回りしてくる。

「ゆかせはせぬぞ」

刀の先を突きつけてきた。さしもの寅三も思わず後ろに退ってしまった。

(どうすりゃいいんだ!)

と、その時、視界の端の暗がりに、由利之丞の姿が見えた。

(これだ!)

寅三は咄嗟《とっさ》に閃《ひらめ》いた。

「八巻ノ旦那! 良いところへ駆けつけて来てくだすった!」

取ってつけたような笑顔を浮かべつつ、由利之丞にすり寄る。由利之丞は、物陰で息をひそめていたのだが、「えっ?」とか「うっ」とか声を漏らした。

「貴様が八巻かッ!」

浪人剣客が大喝した。由利之丞はその場で硬直したまま身動きできない。

寅三は腰の長脇差を鞘《さや》ごと由利之丞に押しつけた。

「チャッチャヤッとやっつけておくんなせぇ! そいじゃ!」

寅三は本陣の中に飛び込んだ。浪人が由利之丞に気を取られている隙に徳右衛門を逃がす。そういう策であったのだ。

(由利之丞の腕じゃあ、寸刻とは持つめぇ。急がねぇと……！)

あくまでも冷徹に、由利之丞を使い捨てにするつもりの寅三なのであった。

多々良山は本陣の中を突進し続けた。襖は、開ける手間ももどかしく、振り払うだけで敷居から外れて飛んで行った。壁すら突き破りそうな勢いだ。

本陣の建物は実に大きい。町人が商う旅籠《はたご》でありながら、徳川幕府の軍事基地でもあるからだ。お殿様が就寝する上段ノ間の他に、家臣たちが床をとるための六畳から八畳の座敷が、二十部屋ほどもあった。

そしてついに多々良山は、徳右衛門が使用している座敷の襖に手を掛けた。パーンと勢い良く開いた。

「ああ、ちょうど良かった。お前さんは荷運びの人足かい。たいしたお身体《からだ》をお持ちだね。さぁ、こいつを外に運び出しておくれ」

「は……？」

多々良山は細い目を精一杯に見開いた。お店者《たなもの》が風呂敷を広げて山積みの大福帳を包んでいる。

続いて駆けつけてきた隠仁太郎も、多々良山の後ろから首を伸ばして座敷を覗いた。

「……み、三国屋の大旦那は、どこでぃ？」

お店者はせっせと働きながら、答えた。

「裏から逃げたよ。持ち出さなくちゃならないのは、これだけだ」

その時、表の街道から「わあっ」という叫び声が聞こえた。


「八巻！　尋常に立ち合え！」

刀を返して刃を向けながら浪人が吠えた。

「えっ、ええっ？」

由利之丞はひたすら混乱している。手に長脇差を握らされていることに今更ながらに気づいて、ますます狼狽《ろうばい》した。

（ちょっと待ってくれ！　どうしてこんなことに！）

どうやって誤魔化すべきか、必死に思案する。

（走って逃げるか……、いや、相手のほうが足が速そうだ）

剣客の脚力の凄《すさ》まじさは、水谷弥五郎や美鈴を身近に見ているから知っている。とうてい逃げきれるものではない。

(とにかく、この場だけはどうにかしないと!)

向こうが剣術の玄人《くろうと》なら、こっちは芝居の玄人だ。芝居で騙《だま》して切り抜けるしかあるまい。

由利之丞はサッと片手を差し出した。

「待たれィ! 貴公、流派は?」

「なんじゃと?」

「流派を聞いておこう。何流だ?」

「念流《ねんりゅう》だ。もっとも、ほとんどは我流で研鑽《けんさん》した殺人剣だがな」

「ええと、それじゃあ、生国《しょうごく》は?」

「越後国《えちごのくに》」

「越後の、どの辺り?」

「ええいっ、問答無用!」

浪人が踏み出して来る。由利之丞は(もう駄目だ!)と観念した——その時、

(弥五さん?)

浪人の背後に、素早く忍び寄る水谷弥五郎の姿が見えた。弥五郎は由利之丞に目配せした。

弥五郎の意を瞬時に読み取った由利之丞は、長脇差の鞘を払った。芝居で覚えた所作で刀を構える。芝居者だから、実戦とは遠い、見た目だけの構えだ。

その構えに惑わされたのか、浪人が「ムッ」と唸《うな》った。

由利之丞は、高らかに言い放つ。

「素浪人、拙者の刀の錆《さび》となるがよい！」

「おのれッ」

浪人が刀を大上段に構えた。由利之丞は恐怖に顔を引きつらせながら真後ろに跳んだ。次の瞬間、

「ぐわあああッ！」

背後から水谷に斬りつけられた浪人が、血飛沫《ちしぶき》を上げながら倒れた。


「今のは、遠藤先生の声じゃねぇのか！」

隠仁太郎が叫んだ。やがて、血刀を下げた水谷弥五郎が駆け込んできた。

「遠藤は八巻に討たれた！　とても敵《かな》わぬ！　八巻め、噂に違《たが》わぬ凄腕《すごうで》だ！」

由利之丞譲りの芝居で叫んで、さらには裏口を指差した。

「八巻が表から来るぞ！　裏へ逃げろ！」

隠仁太郎と多々良山は顔を見合わせた。直後、二人揃って身を翻《ひるがえ》して走り出した。弱い相手には滅法強いが、強い者を相手にすると、途端に意気地《いくじ》がなくなってしまうのが、悪党なのだ。

水谷弥五郎は元々、三国屋の用心棒をしていた男だ。喜七とは顔見知りである。水谷は喜七に目配せをしてから、二人と一緒に走り出ていった。

「大旦那様、もう大丈夫のようです」

喜七が声を掛けると、大福帳の山が崩れて、その陰からひょっこりと、徳右衛門が顔を出した。

「ふうっ、助かったかね」

「へい。悪党は行ってしまいました」

徳右衛門を守って、匕首《あいくち》を手にした寅三も身をひそめていた。立ち上がると、裏口のほうに鋭い目を向けた。

「今のは……、水谷先生のようだったが……」

「へい。確かに水谷先生でしたね」

そこへフラフラになりながら、由利之丞もやって来た。

「弥五さんが悪党の一人を斬ってくれたよ。表に血まみれの骸《むくろ》が転がってる」

そう言うなり、その場にヘナヘナと崩れ落ちた。

寅三は首を傾げつつ思案した。

「ってぇこたぁ、水谷先生は敵ン中に潜り込んでいなさるってことかい」

怪我をした子分たちも担ぎ込まれてくる。

「これだけの宿場だ。医者がどこかにいるだろう。連れてこい」

寅三は、無傷の子分に指図しながら土間に下りた。怪我の治療のための湯を沸かさなければならなかった。

四

卯之吉は「ゲホゲホ」と咳き込みながら目を覚ました。ムックリと上半身を起こした。

「昨夜《ゆうべ》は飲み過ぎたのかねぇ？　喉が痛いよ」

喉を擦りながら寝ぼけ眼《まなこ》を左右に向けた。

「おや、ここは……？」

見すぼらしい小屋の板敷きに寝かされていたようだ。壁は板が打ちつけてあるだけで、板の隙間から外光が射し込んでくる。布団はなくて、筵《むしろ》が敷かれ、身体の上にも筵が掛けられているだけだった。

「嫌ですねぇ。誰の悪戯《いたずら》だい？　酔狂が過ぎるよ。……おおい、銀八ィ」

卯之吉は大声で銀八を呼んだ。

粗末な小屋の板戸がバンッと開けられた。あまりに勢いよく開けたせいで、建て付けの悪い戸が外れてしまった。

「なんだい、ずいぶんと粗忽《そこつ》だねぇ。もっとお行儀を良くなさいよ」

「若旦那ッ」

「飲み過ぎたみたいで喉が痛い。あたしの薬箱を持ってきておくれ。散薬が入っているから」

「ほんとに飲み過ぎたでげすよ！　利根川の水をいっぱい！」

「なんの話さ」

「……覚えてないんでげすか？」

銀八はますます心配そうな顔をした。

「今、どこにいるのか、わかっているでげすか？」

「え？　ええと……そうだ、江戸を離れて上州に向かってるんだよね」

そして小屋を見回して、

「どうしてこんな所で寝ているんだろうね？」

　と、首を傾げた。

「桐生の遊里で、ドンチャン騒ぎをしていたはずなのに」

「それは夢を見ていたんでげすよ」

　卯之吉の呑気さに銀八は呆れつつも安堵《あんど》した。

　その時、外から男の声がかかった。

「目を覚ましたようだな」

　間口からヌウッと髭面《ひげづら》の男が顔を出す。歳は三十ぐらい。輪郭が四角くていかつい顔だちだ。肩には継《つ》ぎ当てがされ、袖口が擦り切れた、粗末な着物を着ていた。愛想は良くない。なぜだか怒ったような顔をしていた。

　卯之吉は、まったく人見知りをしない男だ。旧知の友人が訪ねてきた、みたいな顔でニコニコと笑った。

「はい。スッキリと。おかげさまで良く眠れましたよ」

　男の太い眉がピクッと震えた。卯之吉の物腰を訝《いぶか》しく感じたようだ。

「おい」

　低い声で銀八を呼ぶ。

「……お前ぇの主は大丈夫《でぇじょうぶ》なのか。水に浸かってココをやられちまったんじゃねぇのか」

自分の頭を指差した。長時間溺れると酸素欠乏症で脳を損傷するということを、この時代の人間でも経験で知っていた。

銀八は困り顔で首を横に振った。

「元から、こういうお人でございまして……」

「元からこうだと？」

男は、ますますわけがわからない、という顔をした。

「ま、それならいい。立てるか？」

卯之吉は笑顔で頷いた。

「なんでございましょう。これから踊りの稽古でございますか」

男も次第に、卯之吉がどういう人物なのか察しがついてきた様子で、返事もせず、仏頂面で、

「ついてこい」

と命じた。

何が起こっているのか理解できない——理解しようともしない——卯之吉の袖

を、銀八が引いた。

「とんでもねぇことになってるでげすよ。お覚悟をしたほうがいいでげす」

「覚悟？」

「利根川の渡し場にいた、怪しげなお人たちのことは、覚えてるでげすか？」

「ああ……。うん。思い出したよ」

「若旦那は川に落っこちて、溺れているところを、あのお人たちの舟に助け上げられたんでげす！」

「そうかえ。そう言えば、あっちのほうが川下だったね。……それにしても、厄介なお人たちに助けられてしまったもんだねぇ」

「厄介だろうと剣呑《けんのん》だろうと、助けてもらっていなかったら、若旦那は今頃、川の底に沈んでるでげす！」

「ハハハ、面白い」

「笑い事じゃないでげす！」

まったく危機感のない卯之吉に、銀八ですら、焦燥《しょうそう》を隠しきれない。

外から「おいっ、何してる」と怒鳴られた。銀八は、

「へいへい。只今《ただいま》」

幇間《ほうかん》の物腰で揉《も》み手をしながら答えた。そして卯之吉に顔を向ける。

「とにかく、この場はあっしが取り持つでげす！　若旦那は余計なことを言わねえように願いますでげす！」

卯之吉は面白そうに微笑むばかりだ。

幸い、水に溺れた後遺症もなく、卯之吉は床を離れると、銀八が揃えた雪駄に足を通して、表に出た。

「おやまぁ。ここは……、どこですかね？」

低山に囲まれた谷間の広場だ。関八州の広い平野にいたはずなのに、どうしたことか。

粗末な小屋が建ち並んでいる。広場の真ん中には火が焚《た》かれ、その上に吊るされた鍋では、何かがグツグツと煮えていた。

鍋の周りには筵が敷かれて、筋骨たくましい男たちが車座になっていた。椀に盛られた食事をかきこんでいる。

卯之吉は白い歯を見せて笑った。

「まるでお芝居に出てくる山賊の砦《とりで》じゃないかえ！　ああ可笑《おか》しい！」

銀八は泡を食って焦った。

「わ、わわ若旦那……！　なんてことを、口になさるでげすか！」

男たちがジロリとこちらを睨《にら》んだ。銀八は引きつった笑顔で両手を振った。

「こちらにはお構いなく。どうぞ、お食事を続けておくんなさい……」

「おいっ」と野太い声を掛けられて、銀八は飛び上がった。

一番大きな小屋の前で、例の男が待っている。

「江戸の者。こっちへ入れ」

「へいへい。すぐに参りますでげすよ」

銀八はヘコヘコと腰を屈めた。それから急いで卯之吉の元に駆け寄って、その耳元で囁いた。

「これはお芝居じゃないんでげすから、くれぐれも余計な物言いはナシでお願いいたしやすでげす」

卯之吉は、それには答えず、

「なんだか面白くなってきたねぇ」

と言った。

「やっぱり、お芝居見物気取りでげす」

銀八は額を平手でピシャリと叩いた。

卯之吉は興味津々、といった顔つきで、小屋の間口を覗きこんだ。

「御免下さいましよ」

小屋の奥には一人の老婆が座っていた。小柄で背中の丸まった、萎《しな》びたような老婆であったが、目つきだけは炯々《けいけい》と鋭く光っていた。

暗い小屋の中に老婆と、髭面の大男と、卯之吉と銀八が座っている。卯之吉と銀八の前には粗末な膳が据えられていた。

銀八がガツガツと粥《かゆ》を食らっている。

その行儀の悪さに卯之吉は呆れ顔だ。

「もうちょっと落ち着いてお食べよ」

「へい」

銀八は口の周りについた米粒を指で取って口に入れた。

「若旦那が気を失っている間は、心配で心配で、何も食えなかったものですから。若旦那が生き返って、ホッとしたら、急に腹が減ってきたんでげす」

「ふ〜ん。いつもながら大袈裟《おおげさ》だねぇ、お前は」

「なにを言ってるでげすか。若旦那は丸二日も、寝ていたんでげすよ」

「ほう？　寝ている間にこんな山奥に運ばれたというわけかい」

卯之吉は冗談混じりに言ったのだが、大男は真面目な顔で頷いた。

「荷車に寝かせて、引いてきたのだ」

「おやまぁ。道理で、利根川の堤にいたはずなのに、こんな山奥で目が覚めるわけですねぇ」

卯之吉は笑顔を老婆に向けた。

「それで、ここはどこなんですかね？」

老婆はまじまじと卯之吉を見ていたが、その笑顔に邪気がまったくないことを見て取ったのか、短く答えた。

「杣人《そまびと》の仕事場じゃ」

嗄《しわが》れた声だが、聞き取りにくいことはない。

「はぁ、杣人……。木を伐《き》りだしたりする樵《きこり》の皆さんのことですね」

それから、膳の椀を手に取って、顔の前でしげしげと見つめた。

「これは、ずいぶんと上物のお米ですねぇ。……まるで、年貢米の御蔵から運び出されたばかりのようです」

大男が顔色を変えて腰を浮かせた。

「やいっ、江戸者！」

その大声に銀八が仰天して、滑稽《こっけい》な姿で腰を抜かした。

「な、なんでげすか、急に――」

それには答えず大男が凄んだ。

「手前ぇら、やっぱり、役人の手先だったのか！」

「いいえ。手前は役人の手先などではございませんよ。南町奉行所の――」

「あわわわッ」

銀八が慌てて卯之吉の口を手のひらで押さえた。

役人の手先ではなくて役人そのもの。南町奉行所の隠密廻同心だ、などと、なんの考えもなく、口にしようとしたのに違いない。

「こちらの若旦那は、ただの放蕩《ほうとう》息子でございますよ！　どうにもこうにも救いようがない遊び人なんでげす！」

卯之吉はちょっと批判がましい目で銀八を見た。

「どうにもこうにも救いようがない、って言い草はないだろう」

「とっ、とにかく！　箸にも棒にもかからないお人なんでございますよ！」

こんなことを言ってしまって、卯之吉に捨てられはしないかと心配になるが、これも奉公だ。

（安宅《あたか》ノ関の武蔵坊弁慶《むさしぼうべんけい》でげす！）

義経《よしつね》の正体が露顕《ろけん》しないように、義経を罵倒《ばとう》し、打擲《ちょうちゃく》した。今の銀八は、まさに弁慶の気分であった。

問題なのは、卯之吉が義経ほどに賢いかどうかだ。

とにもかくにも、幇間にとって旦那は大事な預かり物だ。無事に遊びを終えさせて、屋敷に送り届けるまでが幇間の仕事であった。

大男は疑わしそうに見つめている。

「今、南町がどうこう、と言いかけたみてぇだが……？」

銀八は汗を垂らして、頷いた。

「へいへい。こちらの若旦那のお店は、南町奉行所様に炭をお納めしている炭問屋でございまして。へい」

卯之吉が「ああ、そうそう」と、何かを思い出した顔つきで頷いた。

「同心詰め所の長火鉢の炭が足りないよ。梅雨寒が続いて板敷きは冷える。もっと納めておくれな」

銀八はサッと卯之吉に顔を向けて、「へいへい」と頷いた。

「同心様からそのように言いつけられたのでございますね。畏《かしこ》まりました。炭俵をお届けいたします」

「頼んだよ」

卯之吉は小屋の真ん中の囲炉裏《いろり》に近づいて手をかざした。

「こちらもずいぶんと冷えるねぇ」

卯之吉の物腰に銀八は冷汗を流しまくり、大男は首を傾げまくっている。

「……まぁ、お前ぇたちみたいな表六玉《ひょうろくだま》に、お役人の手先が勤まるわけがねぇな。それぐらいは見ればわかるぜ」

大男の呟《つぶや》きを聞いて、銀八は「ウンウン」と頷いた。

「よっ、さすがのご賢察！　てぇしたお目利《めき》きにございますでげすよ！　まったくあっしらは役立たず！　そちら様のご眼力に、曇りはまったくございませんでげすッ！　憎いねッこの色男！」

唐突にヨイショを始めた銀八を、大男はますます訝しそうに凝視した。

銀八のせいで漂い始めた異様な空気には頓着《とんちゃく》せずに、卯之吉は、再び粥の椀を両手で持って、しげしげと見つめている。

「どうしたでげすか若旦那！　一緒にご機嫌を取るでげすよ」

それだけが生き残る道だと言わんばかりの銀八を無視して、卯之吉は熱心に粥を見つめた。

「やっぱりこのお米は、たいした上物だ。年貢の御蔵米なら、蔵の上のほうに積まれているお米だ」

その物言いに、大男の顔色が変わった。

「手前ぇ……何を言い出しやがった」

低い声には殺気が籠《こ》もる。

五

卯之吉はシレッとして答えた。

「詮議をするつもりなど毛頭ございませんがねぇ。ただ、不思議に思っただけでございますよ」

卯之吉は小屋の中を見回した。

「見たところ、樵の衆の苫小屋のようにございますが、どうして樵の衆が、このような——お殿様がお食べになるような新米を——食べていらっしゃるのだろうかと思ったまででしてね。樵の衆は、伐りだした材木と引き換えに、お米をお受け取りなさいますが、そういったお米は古米や屑米《くずまい》が混ざっているのが相場でございます。あたしも米を商う商家に生まれた者ですから、それぐらいの見当はつきますよ」

「口数の多い野郎だ。それに手前ぇの家は、炭問屋じゃなかったのか」

大男は険しい顔で続けた。

「それで手前ぇはどう読んだんだ」

卯之吉は笑顔で答えた。

「さっぱり、わかりません」

あまりに呑気な笑顔で、大男の気勢まで削《そ》がれてしまいそうだ。

「おかしな野郎を拾っちまったぜ」

そう呟いたのは本音であったろう。

卯之吉は今度は黙々と箸を使い始めた。険悪な空気など何のその、食欲を満たすことだけに専念している。

銀八は不安に震えている。

「よくも飯が喉を通るものでげすな。怖くないのでげすか」

卯之吉は笑顔で答えた。

「こちらの皆様は、悪人ではございませんでしょう。悪人だったら、あたしを助けてくれたりはしなかったでしょうから」

そして粥を口にして、

「ああ美味《おい》しい」

ほっこりとした笑顔を浮かべた。

老婆が訊ねた。

「もっと食うか」

卯之吉は笑顔で椀と箸を置いた。

「もう、たくさん食べました」

「そうか。良かったな」

老婆の皺《しわ》だらけの顔にも、わずかに笑みが浮かんだようだ。

卯之吉はうっすらと微笑みつつ老婆と大男を交互に見た。そして突然、容易ならぬことを口にした。

「それで皆様は、お役人様に詮議をされるような、どんな悪事をしでかしたのですかね？」

大男が目を剝《む》いた。泡を食ったのは銀八だ。

「わっ、若旦那！　何を言い出すでげすか！」

「だってさぁ銀八、このお人たちの顔色を見れば察しがつこうというものじゃないか。あたしゃお前のような、見るからに役に立ちそうにない放蕩者を、こんなに恐れるなんて尋常じゃない。よっぽど疚《やま》しいことを抱えていなさるに違いないよ」

「あわわわ……！」

卯之吉は邪気のない笑顔で、老婆と大男に目を向けた。

「あたしが見たところ、……いいえ〝食べたところ〟と言うべきですかね。ま、どっちでもいい。このお米は、御蔵屋敷から出されたばかりの新米だ。江戸でだって、こんな美味しいお米はなかなか食べられない。というのも、公領から船で運ばれてきた年貢米は、いったん浅草御蔵に仕舞い込まれるからです。浅草御蔵は、古いお米から順番に米問屋に卸す。だから新米は、御蔵の中で古米になってしまう、というわけです。もちろんあなたがた杣人が、材木と引き換えに受け取るお米は、古米も良いところでしょう」

卯之吉は頭にパッと浮かんだことを、そのまま笑顔で口にした。

「このお米は、倉賀野の河岸で水没したはずの、御蔵米なのですね！」

「きっ、貴様！」

大男が、腰に差した鉈《なた》を抜きながら立ち上がった。銀八は両手を振り回して慌てた。

「そんな悪事をここで暴露して、どうしようってんですか！」

卯之吉はケラケラと笑った。

「まぁ、落ち着きなさいよ、お二人とも。あたしの見立てが正しいのなら、ここの人たちは大罪人だ。だけどね銀八。それならあたしたちも同罪だよ」

「どういうわけで？」

「だって、あたしたちもそのお米を食っちまったじゃないか。ああ可笑しい！連座の罪は免れないよ」

「なんで笑っていなさるんでげすか」

卯之吉は大男に顔を向けた。

「そういう次第ですから、あたしはこの件を、誰にも告げるつもりはございません。あたしも牢屋敷になんか、入りたくないですからね」

大男は舌打ちしながら鉈を鞘に戻して、座り直した。

「手前ぇなら、牢屋の中でも楽しくやっていけるだろうよ」

「面白いことをおっしゃいますねぇ」

大男は渋い表情で黙り込んだ。老婆は何も言わない。さすがの銀八も怖くてヨイショができない。卯之吉だけが笑っている。

「それじゃあ、あたしも悪事の一味だ。それで、あなた方はなぜ川船をひっくり返したのですかね？　と言う前に、どうやって川船をひっくり返したのか、そっちのほうをお訊《き》きしたいですねぇ。どうすれば大きな川船を覆《くつがえ》すことができるのですかえ？　どんな仕掛けを使ったのです？」

卯之吉はいったん何かに興味を持つと、途端に性格がしつこくなる。いつものまったりとした口調ではなく、早口のキンキン声に変わるのだ。

大男は辟易《へきえき》した様子で、仕方なさそうに答えた。

「川船を覆すなんてことが、できるわけねぇだろう」

「だけど御蔵米を積んだ御用船はひっくり返りましたよ」

「それは、河岸問屋の江州屋孫左衛門が流した嘘だ」

「えっ？」

「船はひっくり返っても、沈んでもいねぇ。積荷だけが下ろされたんだ」

「どうしてそんな大胆なことを、こともあろうに河岸問屋さんが？」

「俺たち杣人に、材木の代金を払うためだよ」

「はぁ？」

「そこから先は、わしから話す」

老婆が大男を制した。どうやら杣人の長が告げねばならぬ大事な話であるらしい。

卯之吉は老婆に向き直った。

「伺いましょう」

老婆は、歳のわりには目も衰えていないらしく、卯之吉の顔を真っ直ぐに見据えた。

「そなたは江戸者だということだが、江戸の材木商たちが、御用材を大量に集めておったことは、存じていようか」

「はぁ、そうなのですか？」

「若旦那」

銀八は卯之吉の袖を引いた。耳元で囁く。

「松平相模守様が集めた御用材のことでげすよ。金剛坊一味が江戸の町に火を放って、江戸を丸焼けにした後で、値のつり上がった材木で大儲《おおもう》けしようっていう

「……」

「ああ、あの話かい」

卯之吉は、まったく他人事《ひとごと》みたいな顔つきだ。本気で忘れていたらしい。

老婆は続けた。

「お上が、どういうわけで御用材を集めたのかは知らぬ。わしら杣人には関わりのない話じゃ。『木を伐り出せ』と命じられたら、山の木を伐って、江戸に送るだけの話じゃ」

「はいはい」

「お上は、とんでもない本数の木を伐り出すようにと命じて参った」

「お上、ではなくて、ご老中だった松平相模守様が、ですよね」

卯之吉は訂正したが、

「わしらにとっては、どなた様の御下命《かめい》かなど、どうでも良い話。お上が命じたから、伐り出した。それも、かつてないほどに大量の木を伐り倒しては、せっせと川へ運んだのじゃ」

「川へ？」

「江戸へは、川の流れに乗せて材木を送るのじゃ」

「なるほど」

「お上のご用命を、わしらに伝えておったのが、河岸問屋の江州屋孫左衛門なのじゃ」

「はいはい。それで、どうなりました」

「江州屋は、わしらとの約定を反故《ほご》にして、材木の代金は払えぬ、などと申しおった」

「おやまぁ。それはまたどうしてでしょうねぇ？　商人の信用に関わる話でございましょうに」

銀八がまた袖を引いた。

「旦那が付け火を防いで、材木が売れなくなったから——でございますよ！」

余りに余った材木は、木場に山積みになったままだ。当然に売れない。売れなければ杣人に支払う金もないのである。

「ああ、そうかい。それは悪いことをしちまったねぇ」

卯之吉は、その場その場で生きている男だ。この時は本気でそう言った。

「わしらは、江州屋に掛け合った」

老婆が喋《しゃべ》り出したので顔を戻す。

「わしらも、銭や米がなくては生きて行かれぬ。なんとかしてもらわぬことには、若い杣人の怒りも収まらぬ」

大男が横から口をはさむ。

「気の短い者どもの中には、倉賀野河岸を襲って米を奪え――などと言い出す者もおってな」

「ははぁ。一揆にございますね」

「座して飢え死にを待つことはできない。致し方がなかろう」

「はいはい」

卯之吉はいい加減に返事をした。そして老婆に尋ねた。

「それで、どうなりましたかね？」

「江州屋は、約定の銭は払えぬが、当座の米は、渡してくれると言い出した」

「三国屋が札を差した御蔵米を横流ししたわけですね」

「この米は、三国屋という店の米だったのか」

老婆たちは、そこまでの事情は知らなかったらしい。卯之吉も深くは追及しない。

「江州屋さんという河岸問屋さんは、『川船が覆った』とお上に届けを出して、失われたはずの米俵をあなた方に渡した。……はははぁん、あの夜、あたしたちが見たのは、米の運び出しだったわけですね」

大男が質した。

「あの夜とは？　お前が流されてきた夜のことか」

「そうです」

「それならば、そうだ。米を一度に運べば目立つ。江州屋があちこちの河岸の蔵に分けて隠してくれた米俵を、闇に乗じて運んでおったのだ。そこへお前が流されてきた」

「それは、ビックリしますね」

「ビックリするに決まっておろうが」

「で、あたしを引き上げてくれて、米俵と一緒に、ここに運んだわけですね」

「見捨てるわけにもいかぬからな」

「それは有り難いお志です」

卯之吉は礼金を渡そうと思って袂《たもと》を探った。

「あれ？」

銀八は首を横に振った。

「お足は全部、川の底でげすよ」

「おや、そうかい」

卯之吉はさほど気に病む様子もない。失くしてしまったのは五十両ばかり。卯之吉にとってはたいした金額ではなかったし、なにより、生まれついての楽天家だ。

「お金がなくてもどうにかなるものですねぇ。こうしてあなた方に助けられた」

ニッコリと微笑んだ。

老婆は卯之吉の顔をじっと見ている。

「それで、この顛末《てんまつ》、いかがする。代官所に駆け込んで、お上に訴え出るか」

「そうはいきませんよ。命の恩人に仇成《あだな》すことはできません」

老婆は「フン」と言い、大男は長々と息を吐き出した。

卯之吉は首を捻《ひね》って、小屋の屋根裏など見上げた。

「それにしても、この始末、いったいどうやってつけたらよろしいのでしょうねぇ？　どなた様も辛い思いをなさらぬように、取り計らいたいものですが」

大男は不思議そうな顔をした。

「なんだ、お前ぇ、偉い役人様みたいな物言いをしやがって」

卯之吉は銀八に訊ねた。

「江戸の木場の材木が売れれば、それで万事丸く収まるわけだよね」

「なにを考えてるでげすか。まさか、付け火？」

「いや、まさか、そんな大それたことまでは……」

卯之吉は照れたように笑ったが、その笑顔が銀八の目にはなんとも不吉に映ったのだった。

六

「ひと、ふた、みよ、ふるべゆらゆらとふるべ……」

祝詞がさざ波のように響いている。朝靄の中に、無数の掛け小屋と、祈る人びとと、彼らが焚いた炊煙が上がっていた。

武蔵国を流れる大河は、その河原もまた広大だった。神憑き様に従う人びとが塒《ねぐら》と定めてなお、広い石原と葦原が広がっていた。

小舟が一艘、河を下ってきた。舟は川辺に乗り上げて止まった。大橋式部が降り立って、人々の間に分け入ってきた。

掛け小屋は、棒を組んで柱とした物の上に、筵が被《かぶ》せてあるだけであった。それでも、この宗教集団の幹部しか使用することができなかった。大橋式部は筵をまくって、小屋の中に入った。

「昨夜、倉賀野で騒動があったそうだ。三国屋徳右衛門を狙った浪人が、八巻に討ち取られたらしい」

小屋の中では、お峰が煙管《キセル》を咥《くわ》えていた。スーッと紫煙を吐いてから、訊ねた。

「斬られたのは誰だい」

「遠藤とか申す、痩せ浪人らしい」

「あの男かえ」

お峰には、心当たりがあったらしい。

「ちっとは知られた使い手だったけどね。天満屋ノ元締の、目論見《もくろみ》どおりに八巻を引っ張り出したって、悪党のほうが返り討ちにされちまったんじゃあ、話になるまいねぇ」

本当は何者に斬られたのだろうか、と、お峰は考えた。放蕩者の卯之吉に剣が使えるはずがない。

いずれにしても、卯之吉を江戸から引き離すことには成功した。

「三国屋の大旦那が、少ない供を連れただけで旅していると、街道筋に噂を流すんだ。悪党どもが群がり襲ってくるはずだよ」

「それならすでに元締が手を打っていなさる。倉賀野を襲った遠藤とやらも、その噂を聞きつけて参ったのに相違あるまい」

お峰は「フン」と鼻を鳴らした。天満屋一派がどこまでやれるものか、お手並み拝見、という気分であった。

辺りが騒がしくなってきた。神憑き様の一行が移動を開始するらしい。

「お神代《かじろ》様じゃ！」

「お神代様がお姿を現わしなされた！」

神憑きの娘が小屋から出てきたのであろう。信者たちの上げる声が聞こえた。

この作品は双葉文庫のために書き下ろされました。

双葉文庫

は-20-15

大富豪同心《だいふごうどうしん》

隠密流《おんみつなが》れ旅《たび》

2014年7月12日　第1刷発行
2023年6月27日　第7刷発行

【著者】
幡大介《ばんだいすけ》

【発行者】
箕浦克史
【発行所】
株式会社双葉社
〒162-8540 東京都新宿区東五軒町3番28号
［電話］03-5261-4818(営業部)　03-5261-4833(編集部)
www.futabasha.co.jp(双葉社の書籍・コミックが買えます)
【印刷所】
株式会社新藤慶昌堂
【製本所】
大和製本株式会社
【カバー印刷】
株式会社久栄社

【フォーマット・デザイン】
日下潤一

ISBN978-4-575-66674-8 C0193
Printed in Japan

風野真知雄
新・若さま同心 徳川竜之助
乳児の星
長編時代小説〈書き下ろし〉
日本橋界隈で赤ん坊のかどわかしが相次いだ。事件の裏にある企みに気づいた竜之助は……。大好評「新・若さま同心」シリーズ第六弾。

風野真知雄
新・若さま同心 徳川竜之助
大鯨の怪
長編時代小説〈書き下ろし〉
漁師たちが仕留めたクジラが、一晩で魚河岸から消えた。あんな大きなものを、誰がどうやって盗んだのか？ 大人気シリーズ第七弾！

小早川涼
大江戸いきもの草紙
猫の恩返し
時代小説〈書き下ろし〉
行方知れずの生類捜しを生業とする椎名貫太郎は、カラス捜しを依頼された矢先、手代殺しを疑われ、自身番に連行されてしまうが……。

佐伯泰英
居眠り磐音《いわね》 江戸双紙45
空蝉《うつせみ》ノ念《ねん》
長編時代小説〈書き下ろし〉
尚武館に老武芸者が現れ、坂崎磐音との真剣勝負を願い出た。その人物は直心影流の同門にして〝肱砕き新三〟の異名を持つ古強者だった。

佐伯泰英
居眠り磐音《いわね》 江戸双紙46
弓張《ゆみはり》ノ月
長編時代小説〈書き下ろし〉
天明四年弥生二十四日早朝、霧子から佐野善左衛門邸の異変を知らされた坂崎磐音は、奏者番速水左近の屋敷に急遽使いをたてるが……。

芝村涼也
返り忠兵衛 江戸見聞
刃風《じんぷう》閃く
長編時代小説〈書き下ろし〉
いよいよ天明の鬼六が江戸へ！ 同心・岸井の探索は？ 忠兵衛が、浅井蔵人が、神原采女正がそれぞれに動きだす。シリーズ第十四弾。

幡大介
八巻卯之吉 放蕩記
大富豪同心
長編時代小説〈書き下ろし〉
江戸一番の札差・三国屋の末孫の卯之吉が定町廻り同心になった。放蕩三昧の日々に培った知識、人脈、財力で、同心仲間も驚く活躍をする。

幡大介

大富豪同心

天狗小僧

長編時代小説〈書き下ろし〉

油問屋・白滝屋の一人息子が、高尾山の天狗にさらわれた。見習い同心の八巻卯之吉は、上役の村田銕三郎から探索を命じられる。

幡大介

大富豪同心

一万両の長屋

長編時代小説〈書き下ろし〉

大坂に逃げた大盗賊一味が、江戸に舞い戻った。南町奉行所あげて探索に奔走するが、見習い同心の八巻卯之吉は、相変わらず吉原で放蕩三昧。

幡大介

大富豪同心

御前試合

長編時代小説〈書き下ろし〉

家宝の名刀をなんとか取り戻して欲しいと頼み込まれ、困惑する見習い同心の八巻卯之吉。そんな卯之吉に剣術道場の鬼娘が一目ぼれする。

幡大介

大富豪同心

遊里の旋風《かぜ》

長編時代小説〈書き下ろし〉

吉原遊びを楽しんでいた内与力・沢田彦太郎に遊女殺しの疑いが。窮地に陥った沢田を救うべく、八巻卯之吉が考えた奇想天外の策とは!?

幡大介

大富豪同心

お化け大名

長編時代小説〈書き下ろし〉

田舎大名の上屋敷で幽霊騒動が起き、怨霊に取り憑かれ怯える藩主。吉原で八巻卯之吉の名声を聞いた藩主は、卯之吉に化け物退治を頼む。

幡大介

大富豪同心

水難女難

長編時代小説〈書き下ろし〉

八巻卯之吉の暗殺と豪商三国屋打ち壊しの機会を密かに狙う元盗賊の女狐・お峰。窮地に立たされた卯之吉に、果たして妙案はあるのか。

幡大介

大富豪同心

刺客三人

長編時代小説〈書き下ろし〉

捕縛された元女盗賊のお峰が、小伝馬町の牢から脱走。悪僧・山嵬坊と結託し、三人の殺し人を雇って再び卯之吉暗殺を企む。

幡大介
大富豪同心
卯之吉子守唄
長編時代小説〈書き下ろし〉
卯之吉の屋敷に、見ず知らずの赤ん坊が届けられた。子守で右往左往する卯之吉と美鈴。そんな時、屋敷に曲者が侵入し、騒然となる。

幡大介
大富豪同心
仇討ち免状
長編時代小説〈書き下ろし〉
悪党一派が八巻卯之吉に扮した万里五郎助に武士を斬りまくらせる。ついに、卯之吉を兄の仇と思い込んだ侍が果たし合いを迫ってきた。

幡大介
大富豪同心
湯船盗人
長編時代小説〈書き下ろし〉
見習い同心八巻卯之吉が突如、同心として目覚めた!? 湯船を盗むという珍事件の下手人捜しに奔走するが、果たして無事解決出来るのか。

幡大介
大富豪同心
甲州隠密旅
長編時代小説〈書き下ろし〉
お家の不行跡を問われ甲府勤番となった坂上権七郎に天満屋の魔の手が迫る。八巻卯之吉は権七郎を守るべく、隠密同心となり甲州路を行く。

幡大介
大富豪同心
春の剣客
長編時代小説〈書き下ろし〉
卯之吉の元に、思い詰めた姿の美少年侍が現れた。秘密裡に仇討ち相手を探してほしいと頼み込まれ、つい引き受けた卯之吉だったが。

幡大介
大富豪同心
千里眼　験力《げんりき》比べ
長編時代小説〈書き下ろし〉
不吉な予言を次々と的中させ、豪商ばかりか時の老中まで操る異形の怪僧。その意外な正体と黒い企みに本家千里眼（?）卯之吉が迫る。

水田勁《けい》
紀之屋玉吉残夢録
江戸ながれ人《びと》
長編時代小説〈書き下ろし〉
御家人だった過去を持つ、深川の幇間・玉吉。何者かに命を狙われる、謎多き美女を匿いながら、背後に潜む大きな陰謀に迫る。